ELISABETH SCHMIDAUER

Das Grün in Doras Augen

Gedruckt nach der Richtlinie des
Österreichischen Umweltzeichens
„Druckerzeugnisse“,
Druckerei Theiss GmbH, Nr. 869

MIX
Papier aus verantwortungsvollen Quellen
FSC® C012536
FSC
www.fsc.org

Grafische Gestaltung: Dorothea Löcker, Wien
Umschlagabbildung: © plainpicture/Marius Schultz
Druck und Verarbeitung:
Druckerei Theiss GmbH, St. Stefan im Lavanttal
ISBN 978-3-7117-2029-0

Informationen über das aktuelle Programm
des Picus Verlags und Veranstaltungen unter
www.picus.at

ELISABETH SCHMIDAUER

Das Grün in Doras Augen

ROMAN

PICUS VERLAG WIEN

1

Der Himmel war blau gewesen. Wie durchsichtig, mit fedrigen Wolkenfetzchen drüber hingeweht. Ein ruhiges Schaukeln war gewesen, kühles Wasser, und tausend Sonnen. Ein Blätterdach über ihr, wie schwarz malten sich die Blätter in das Blau, das funkelte zwischen schwarzen Flecken, das stach sie, das Blau, sommerhell, eine böse Sonne, hatte sie gedacht. Ein Schwan war vorübergezogen, ihr holden Schwäne, oder war das in einem anderen Leben gewesen. Am Ufer waren Weiden gewesen, deren Zweige ins Wasser hingen, goldene Blätter, schmal zugespitzt, oder grün, dass die Erinnerung sie trog, jetzt schon, wann war ihr der Nachthimmel zerscherbt? Warm und klebrig war, als sie ein Kind gewesen war, Marmelade in Gläser geflossen, sie hatte sich die Zunge verbrannt, Himbeermarmelade, klebrig süß, die Großmutter hatte geschimpft, klebrig und warm rann an ihren Armen, sie lachte, es rann und stockte, schwarz, unter der Sonne, waren da Fliegen.

Aber das war, dachte Helene, das war vor langer Zeit gewesen. Dass sie im Krankenhaus aufgewacht war, weiße Bettwäsche, eine weiße Wand, weiße Hände auf weißen Laken, ein Schmerz, wo. Ein Fenster, das zeigte auf einen Parkplatz, auf dem stand eine glasige Hitze, zu Hause, hatte sie gedacht, zu Hause machten sie Heu, das musste so sein, die glasige Hitze. Zu Hause zu denken war schwierig gewesen, der Vater, die Mutter, die Geschwister. Wie die Heufuhren auf dem Wagen schwankten, wenn der Vater in den Hof einfuhr. Der Vater hatte das Heu auf den Wagen gehoben, das stach köstlich, sie war mit dem Bruder auf den schwankenden Heuhaufen gesessen, sie hatte keine Angst gehabt, nie.

Später in dieser Nacht war jemand an ihrem Bett gesessen, »Helene, Lene«, sie hatte ganz still gehalten. Wieder später war sie alleine gewesen, es war dunkel, vielleicht hatte sie es geträumt, eine böse Sonne, dass jemand an ihrem Bett saß, ihre Hände, weiß auf weißen Laken. Die Vergangenheit war einen Tag alt gewesen oder zwei, jeden Tag wurde, was vergangen war, älter. Rosenblätter waren auf einen Boden gestreut, auf ein Bett, rot, das war vor einem Tag gewesen, vor zwei Tagen, Rosenblätter und roter Wein.

Und jetzt. An der Straßenbahnhaltestelle war Dora vor ihr gestanden. »Lene«, hatte sie gesagt, wie sie es immer gesagt hatte, den ersten Vokal ein wenig lang gezogen, als mokierte sie sich, oder als wäre es möglich, dass sie mittendrin den Namen vergaß, als könnten sie und ihr Name aufhören zu existieren, von einem Moment zum andern. Statt sich umzudrehen und wegzugehen – was hatte sie mit Dora noch zu schaffen –, hatte sie ihr ihre Adresse gegeben, »komm doch morgen zu uns«. Eine Straßenbahn fuhr ein, noch eine, wie sollte sie jetzt in ihr Leben zurückkehren, das erschien ihr auf einmal ganz und gar unmöglich.

Sie war früh zu Bett gegangen. Sie hatte eine Schlaftablette genommen, der Schlaf kam in einer schwarzen Welle. Und jetzt war sie aufgewacht, es war nach Mitternacht, sie hörte ihren Mann neben sich atmen, aus dem Zimmer ihres Sohnes kam Musik, was ihr am meisten weh gemacht hatte an Dora, waren ihre Augen gewesen, die waren grün, wie der See, wie das Schilf, wie Wasser im Licht.

Am nächsten Morgen war eine Benommenheit in Helene, die haftete an ihr und ließ sich nicht abschütteln. Sie war in einen Traum gefallen wie in einen Abgrund, wirre, funkelnde Schönheit. Wie zäh die Zeit wieder anlief, und was wollte der Tag von ihr.

Sie sah aus dem Küchenfenster. Hinter dem Kräutergarten, hinter den Rosenstöcken, die den Weg säumten, am Ende des Abhangs, der sich bis zur Grenze des Grundstücks erstreckte, standen Gruppen von Birken, schlanke, weiße Mädchenbäume, die schimmerten sanft vor einem grauen Himmel. Sie drehte sich um.

»Dora kommt zum Abendessen.«

»Dora?«, sagte Bernhard.

»Du weißt schon. Von früher. Eine Freundin aus dem Internat.«

Aber sie hatte, fiel ihr ein, Bernhard nie von Dora erzählt. Er nickte, er schenkte ihr Kaffee ein. Er sah gut aus, dachte sie. Besser als zu der Zeit, als sie ihn kennengelernt hatte. »Guten Tag«, könnte sie sagen. »Helene. Und Sie?«

»Schön«, sagte er. »Ich freue mich.«

»Aber ich schaffe das heute nicht.«

Bernhard runzelte, wie immer, wenn sie unwirsch wurde oder laut, die Stirn.

»Es passt mir eigentlich auch gar nicht. Und ich kann ihr noch nicht einmal absagen. Ich habe keine Nummer.«

Bernhard faltete die Zeitung zusammen. »Ich kann was kochen, wenn du willst.«

»Ich wünschte, es wäre schon vorbei. Herrgott, wieso lasse ich mich auch immer so überrumpeln!«

»Du wirst sehen«, sagte Bernhard. »Das wird ein schöner Abend.«

Ein schöner Abend, dachte Helene, als sie in der Straßenbahn saß. Leni, dachte sie, als wäre das nicht sie gewesen, was hätte Leni dafür gegeben, Dora zu sehen, einen Abend mit Dora zu verbringen. Aber Leni war an einem verwunschenen Ort geblieben, in einer verwunschenen Zeit.

Am Urban-Loritz-Platz stieg sie aus. Sie ging über die steile Rampe hinauf zum Eingang der Hauptbücherei. Auf der Hälfte des Weges überkam sie ein Schwindel, sie musste sich setzen. Die Kälte der Stufen drang durch ihren Rock, und dass die Stufen rau waren. Verkehrslärm rauschte an, ebbte ab, rauschte wieder an. Ein Schwarm Krähen flatterte auf, krächzend.

2

»Ein Schloss, Leni«, hatte der Vater gesagt, da war sie zehn gewesen. »Was meinst du, Leni, ein Schloss, ein Park, und Berge.«

Hätte sie denn sagen können: Ich will daheim bleiben, ich will nicht weg? Es war doch schon entschieden, dass sie fort musste.

»Dass du dich ordentlich aufführst«, hatte die Mutter gesagt, »mach uns keine Schande. Und vergiss das Beten nicht.«

Der Bruder war beim Stall gestanden, als Leni das erste Mal ins Internat gefahren war. Er hob die Hand, dann verschluckte ihn die warme, dunkle Höhle, wo die Kühe atmeten und schnaubten, »komm endlich«, sagte die Mutter.

Sie machte ihr ein Kreuzzeichen auf die Stirn. Wie das Weihwasser kalt war auf ihrer Haut. Drei Stunden saß Leni neben der Mutter im Zug, zweimal mussten sie umsteigen, die Mutter kaufte ihr ein Kracherl, ausnahmsweise. Sie aßen Wurstbrote und einen Apfel, Leni sah aus dem Fenster, sie war noch nie mit dem Zug gefahren.

Vom Bahnhof gingen sie zur Fliegerschule, da waren im Krieg Flieger untergebracht gewesen, Piloten, aber das erfuhr sie erst später. Die Mutter trug den Koffer, unter ihren Armen waren Schweißflecken. Die neuen Schuhe drückten, als sie über Straßen und Feldwege gingen, und es war zu heiß für den neuen Pullover mit den aufgenähten Röschen.

»Trödel nicht«, sagte die Mutter, »ich muss wieder zurück.«

Auf den Gängen in der Fliegerschule rissen Kästen ihre dunklen Mäuler auf, die Mütter halfen den Mädchen beim

Auspacken, beim Einräumen, die Väter standen verlegen daneben. Ein Mädchen klammerte sich an die Eltern, wollte sie nicht gehen lassen. Die Hand der Mutter fasste Leni hart, »dass du mir kein Theater machst«.

»Wipplinger«, sagte jemand, »ich bin deine Erzieherin.« Die Frau kniff die Augen zusammen, »den Kaugummi spuckst du aus, du kaust ja wie eine Kuh«.

Dann war die Mutter fort gewesen, später gingen sie ins Schloss hinunter, das erste Mal in Zweierreihen ins Schloss hinunter. Leni ging neben einem fremden Mädchen, das war ihre Bettnachbarin, Johanna.

»Weil du am ersten Tag mit ihr ins Schloss gegangen bist, deswegen ist sie deine Freundin?«, hatte Dora gespottet, viel später. »Und wenn eine andere mit dir den Weg gegangen wäre, dann wäre die deine beste Freundin geworden, wie lächerlich ist denn das?«

Aber wie hätte Dora das verstehen können, was es hieß, diesen Weg am ersten Tag miteinander zu gehen.

Dreizehn Mädchen im Schlafsaal, vierundzwanzig Mädchen im Gruppenraum, siebenundzwanzig Mädchen in der Klasse, hundertvierzig Mädchen im Speisesaal, zweihundertdreißig im Festsaal, so viel fremdes Leben.

Am ersten Tag im Internat hatte Leni nicht gewusst, wie sie sich ausziehen, wie sie ihr Nachtgewand anziehen sollte vor den anderen. Das Mädchen neben ihr, Anneliese, hatte sich im Kasten versteckt, sie hatte die Kastentür hinter sich zugezogen und wollte sich dort, im Dunkeln, in der Enge, umziehen.

»Holt sie heraus«, hatte eine von den Zweitklasslerinnen gesagt, und weil sie Anneliese aus dem Kasten gezerrt hatten, sie musste sich ganz ausziehen und die anderen sahen zu, hatte Leni es gemacht wie die anderen auch, zwischen den Kastentüren hatte sie schnell das Gewand abgestreift, schnell den Pyjama, der roch neu, angezogen.

Am Samstag badeten sie. Unter den Augen der Erzieherin, »stell dich nicht so an«, sagte die Wipplinger, stieg Leni mit einem anderen Mädchen in die Badewanne, nackt. Die schamlose Berührung der fremden Blicke.

Wenn das Licht abgedreht worden war, drehte sie sich zur Wand. Ihre Tränen rannen in den Kopfpolster, über Wange und Hals in den Saum des Nachthemds, sie hielt ganz still.

»Hast du nie etwas gesagt?«, hatte Dora sie einmal gefragt.

Was gesagt?, was hätte sie sagen sollen, und wem.

Doras Ungeduld. »Dass du nicht hier sein wolltest. Dass du nach Hause wolltest.«

Dora, die ihre Eltern Arschloch nannte und blöde Kuh, wie konnte aber Leni das ablehnen, was die Eltern so viele Opfer kostete.

Sie war mit Dora am See gewesen, am Sommeranfang vor dem letzten Jahr, der Himmel war blau gewesen und wolkenlos.

»Es ist immer nur unsere eigene Feigheit, die uns im Weg steht«, hatte Dora gesagt.

Im ersten Jahr versteckte sie sich an jedem Tag, es war die Einsamkeit anders nicht zu ertragen. Sie lief über steinerne Stufen in den Turm hinauf, links war die Bibliothek für die Unterstufe, weiter hinten eine Klasse, von dort sah man hinunter auf den Parkplatz und in die Baumkronen hinein. Oder sie folgte dem Gang nach rechts, auf dem Dachboden hingen Leintücher und Überzüge zum Trocknen, in die legte sie ihr nasses Gesicht. Durch die schrägen Luken fiel ein schmutziges Licht und in der Dachrinne scharrten Tauben.

In einem Zimmer, das gehörte niemandem, standen ein gepolsterter Sessel und ein runder Tisch, sie würde gerne, dachte sie, hier bleiben, wenn sie nur nicht mehr hinunter musste. Aus der Wäschekammer drang der Geruch gebügelter Wäsche, »zwei null acht«, hatte der Bruder gesagt, »bist das du?«

Sie verkroch sich auf der gusseisernen Wendeltreppe im Lichtschacht gegenüber dem Konferenzzimmer, Küchendämpfe und der Geruch von Abwaschwasser stiegen feucht aus dem Keller empor, ganz oben spielte jemand Klavier.

Sie hockte auf der obersten Stufe der Wendeltreppe bei der Direktion oder sie flüchtete sich hinter die schwere Tür, die auf einen Gang und zur Turmterrasse führte. Wie ein Schachbrett war dort der Boden aus schwarzem und weißem Marmor gelegt, darüber erhob sich, spitz zulaufend, der Dachstuhl. Zwischen den Balken nisteten Vögel und der Wind riss an ihrem Kleid. Wenn sie den Oberkörper fest gegen die Balustrade presste, machte das, dass sie nicht weinen musste.

Sie versteckte sich in den Garderoben, wo sie zwischen Jacken und Mänteln, zwischen Stiefeln und Schuhen, in den dumpfen Ausdünstungen der Mädchen übte, nicht mehr da zu sein.

Sie versteckte sich auf dem Klo hinter weiß lackierten Türen, oder im Kellergewölbe, im Winter waren dort der Kohl, das Kraut gelagert, trotz ihrer wollenen Strumpfhose fror sie.

Sie versteckte sich auf der Bühne im Festsaal, wo die Luft nach Staub schmeckte, hinter dem schweren, gefilzten dunkelbraunen Vorhang zwischen Telefonzelle und Sprachlabor, und hörte es, wenn eine weinte, die nach Hause telefonierte.

Sie versteckte sich in leeren Klassenzimmern und hinter den marmornen Säulen im Rundgang des Erdgeschoßes. Die Säulen waren kühl und glatt und der Boden war aus kleinen Mosaiksteinen gelegt, in ein dunkles Rot waren grüne, gelbe, blaue Steinchen gestreut, sie lernte, nicht zu atmen.

Der See, der Berg, das Schloss, die Fliegerschule. Im Frühling der Geruch von Bärlauch. Unter den Bäumen waren weiße Blütenteppiche und ein helles Grün, wie eine Verzauberung kam der Frühling über sie.

Der Speiseplan entschied darüber, ob es eine gute Woche wurde oder eine schlechte.

»Was auf dem Teller ist, wird gegessen«, sagte die Wipplinger und Leni würgte einen fetten Klumpen überbackenen Emmentaler hinunter, der war in seiner Panierkruste geschmolzen und wieder erhärtet, »geht ja«, sagte die Wipplinger.

Die gebackene Leber war dunkel und hart, vor den Milzschnitten grauste es Leni, und auf den Suppen schwammen Fettaugen. Manchmal knirschten im Salat kleine Erdbröckchen, oder Läuse waren in der Marinade ertrunken.

»Schlingt nicht so«, sagten die Erzieherinnen, »stopft das Essen nicht so in euch hinein!«, wussten sie nicht, dass man essen musste so viel nur ging, wenn es Hendl gab und Pommes frites, Fleisch mit Saft, Püree, solange es noch heiß war und fast flüssig, und Selchfleisch mit gutem weißem Fett. Berge von duftendem Kaiserschmarrn, Marillenknödel und Zwetschkenknödel, die Kerne reihte man am Tellerrand auf, und Apfelkompott, Kirschkompott, Zwetschkenkompott oder Apfelmus. Oder es gab Schinkenfleckerl, Eiernockerl mit grünem Salat, und Schnitzel, goldbraun und knusprig.

Mit Eierspeise oder mit Erbsen gefüllte Wurstschüsseln. Bircher Müsli, schleimigpatzigsüß, und Karottenapfelnussrohkost. Am Sonntag gab es Milchbrot.

Wenn Borschtsch auf dem Speiseplan stand, brachten die Mädchen die vollen Suppenschüsseln mit rosa gefärbtem Wasser und Kraut- und Wurststückchen drin wieder zurück. Am nächsten Tag standen sie wieder bei der Speiseausgabe.

Ganz und gar Ungenießbares, harte Nudeln, angebranntes Kraut, verteilten die Mädchen auf den Tellern und stapelten sie übereinander. Oder sie stopften das Essen in leere Milch- und Kakaopackerl, »eine Sünde ist das«, tobte die Erzieherin, und dass sie im Krieg froh gewesen wären.

Der Wurstsalat war in Essigwasser ertränkt, das Beste waren die Butterbrote, die es dazu gab.

Wie, wenn man den Strohhalm in die Öffnung eines Kakaopackerls stieß und am Strohhalm saugte, der Kakao kühl durch den Strohhalm rann, und wie der Strohhalm röchelte, wenn er die letzten Tropfen aufsog. Einmal war, weil sie so lachen musste, Ursula der Kakao bei der Nase wieder herausgekommen, eine ganze Woche lang musste sie bei der Wipplinger unten sitzen und den anderen servieren.

Auch in den Kübeln mit dem Aufwischwasser schwappten, wenn man Pech hatte und kein frisches Wasser bekam, an der Oberfläche Fettaugen. Im glitschig kalten Wasser schwammen Reiskörner, Endiviensalatschlangen, Bröckchen vom Fleisch, von Nudeln.

Manchmal schickte die Mutter ein Paket mit Speck und Kuchen. Vor Weihnachten schickte sie selbst gemachte Kekse, Lebkuchen und Vanillekipferl, die teilte Leni mit Johanna. Sie hätte die Kekse gerne gegen Chips und Soletti getauscht, gegen klebrige Zuckerl, so etwas schickte die Mutter nie. Sie brachte es aber nicht übers Herz, die Mutter zu verraten, mürbe Kekse und Tränen.

Wenn Leni während der Studierzeit aufsah, sah sie ein Stück rosa Wand und Tintenspritzer auf der Wand, die machten ein Muster, das war immer anders, und Kratzer, tiefe Kerben, die hatten Mädchen vor ihr in die Wand geritzt, und Leni fiel in die Kratzer, die Kerben, die Muster, wie bewusstlos.

An Sonntagvormittagen sahen sie Filme mit Fred Astaire und Ginger Rogers, am Nachmittag kroch Verzweiflung in die Räume, Mathematik nicht verstanden, Französisch nicht gelernt, und morgen war Montag.

Sie machten Ausflüge, auf einen Berg, zu einem See, auf einen anderen Berg, nach Salzburg, dort sahen sie ein Kalb mit zwei Köpfen oder eine Krippenausstellung. Blaue schattige Kühle an einem Fluss, manchmal das Gefühl zu wachsen, und als sähe sie sich von außen.

An Heimfahrtagen, an jedem zweiten Samstag, strichen sie in der Zehn-Uhr-Pause Brote mit Schmelzkäse und Butterbrote, die belegten sie mit Käse und Wurst, zwei Doppeldeckerbrote statt des Mittagessens. Das Brot kam schon geschnitten in großen silbermetallenen Reindln und Wurst und Käse in kleinen Türmen, Polnische, Krakauer, Käswurst. Manchmal, noch am Heimfahrtag, in acht Stunden, in sechs, in vier Stunden würde sie zu Hause sein, das Heimweh kam so plötzlich und war so groß.

Die Freude in den Ferien, im eigenen Bett, in der eigenen Bettwäsche zu schlafen. Barfuß neben der Großmutter in der

Küche stehen, mit dem Vater in den Wald gehen, wenn sie das Fenster aufmachte, war da eine andere Luft. Mit dem Bruder ging sie noch ein, zwei Jahre an den Bach, dann war er sich dafür zu groß. Dass sie ihm beibringen wollte, wie man den Wald, den Baum, den Himmel auf Französisch nannte, hatte er ihr übel genommen. Der Mutter beim Ribiselbrocken helfen, beim Erbsenauslösen, beim Fisolenschneiden, beim Wäscheaufhängen, als die Kleinen dann da waren auch beim Kochen, beim Bügeln. Wenn Johanna sie im Sommer für ein paar Tage besuchte, ging die Arbeit schneller und machte auch mehr Spaß, sie spielten draußen, bis der Abend über die Berge gekrochen kam.

In der letzten Ferienwoche dachte sie mit einer heimlichen Angst an das Schloss, an die Freundinnen, aber sobald sie ihr Bett reserviert und ihren Platz im Gruppenraum und in der Klasse gesichert hatte, war es, in den späteren Jahren, als wäre sie nie weggewesen.

Da war eine Stelle auf dem Weg, den sie jeden Morgen von der Fliegerschule ins Schloss gingen. Der Weg führte durch das Wäldchen und am Schulgarten vorbei, sie bogen um eine Ecke und gingen hinauf Richtung Schloss, rechts lag das Zeichenhaus, links von ihnen der See, der Berg, durch das Astgeflecht einer Magnolie hindurch sah man die Fenster der Schlosskapelle. Neben der Magnolie standen Kiefern mit graugrünen Nadeln, die rochen harzig. Immer war da eine Leere in Leni, die stieg ihr in den Bauch, in die Brust, verknotete sich, und, als müsste sie sterben, so war es im ersten Jahr an jedem Tag, wenn sie in der Früh von der Fliegerschule ins Schloss gingen, als müsste sie sterben, genau da.

3

Helene zog die Eingangstür zur Hauptbücherei auf. Bei der Bücherrückgabe standen ein paar Studenten und Pensionisten. Die Kollegen nickten ihr zu, manchmal streifte sie, allein um des Vergnügens willen, zwischen Bücherreihen zu stehen, durch die Abteilungen, bevor sie in ihr Büro ging. Gedämpftes Gemurmel, gedämpftes Licht, gebändigte Bewegungen, das Gleichmaß, in das sie ihr Leben gegossen hatte.

Auf dem Weg in ihr Büro traf sie Karl, den Abteilungsleiter. Ob sie denn, fragte er, nächste Woche die Vorstellung der Neuerscheinungen moderieren könne, er sei verhindert und sie sei doch dafür ohnehin die am besten geeignete Person. Wie sie, dachte sie, indem sie über Bücher sprach, gelernt hatte, mit Menschen zu sprechen.

Sie hatte, als sie nach Wien gekommen war, eine Scheu gehabt und eine Blödigkeit, wie hätte sie bestehen können neben all den anderen mit ihren prächtigen, vielfältigen Leben, mit ihren laut sich formulierenden Wünschen und Forderungen, ihren Gewissheiten und Urteilen, ihren Zielen und Zwecken, natürlich bestand sie nicht.

Weil sie nicht mehr Leni sein konnte, war sie Helene geworden. So hatte sie sich ihrer Mitbewohnerin im Studentenheim vorgestellt und allen, die sie bei Vorlesungen und in Proseminaren kennenlernte, später, im zweiten oder dritten Jahr auf der Uni, als sie es schon schaffte, ihren Namen zu nennen, jemanden anzuschauen, der mit ihr redete, nicht wegzulaufen.

Anfangs war sie, weil so viele Menschen in den Hörsälen

saßen, sich vor den Hörsälen drängten, viel zu viele Menschen und sie kannte keinen Einzigen, sie war umgedreht und ins Studentenheim geflohen. Sie hatte sich ins Bett gelegt, nie wieder aufstehen, sie hatte eine schreckliche Angst vor den Menschen gehabt.

Weil sie musste, weil es nicht möglich war, den Eltern zu sagen, dass sie das alles nicht wollte, studieren, etwas werden, wie sollte sie jemals etwas werden können, weil sie, auch wenn sie nicht studierte, etwas werden musste, deswegen stand sie doch wieder auf und ging in die Hörsäle und in die Seminarräume; in die Bibliotheken ging sie, als fände sie dort Asyl. An manchen Tagen war die Luft blau gewesen und der Himmel hoch, und ein Wind hatte sie angerührt, das Bellen eines Hundes war sie angefallen, ein Schatten oder ein Licht fiel durch sie durch, da war kein Widerstand gewesen, nichts war zwischen ihr und dem Bellen, dem Wind, dem Schatten, der blauen Luft gewesen.

Dora war in der siebten Klasse gekommen. »Das ist Dora«, hatte die Wildner gesagt, »helft ihr, sich einzugewöhnen. Ich bin sicher«, hatte sie zu Dora gewandt gesagt, »du wirst dich bei uns wohlfühlen.«

Als die Wildner gegangen war, hatte Dora einmal geschnaubt und war auf den Balkon hinausgegangen, der zum Gruppenraum gehörte. Sie hatte sich an die steinerne Balustrade gelehnt, sie hatte auf den Park, den See, den Berg gestarrt und sich eine Zigarette angezündet.

»Du darfst nicht im Schloss rauchen«, hatte die Gruppensprecherin gesagt. »Auch nicht auf dem Balkon.«

»Auch nicht auf dem Balkon«, hatte die Neue sie nachgeäfft. »Weil sonst? Was ist sonst?«

»Du fliegst, wenn du dich nicht an die Regeln hältst.«

»Was kann mir Besseres passieren.«

Eine Woche lang hielt sie das durch, sie rauchte, wo sie nicht durfte, sie kam nicht zu den Mahlzeiten, sie fehlte während der Studierstunden, sie war abends nicht aufzufinden und niemand wusste, wo sie sich herumtrieb. Dann holte die Wildner sie an einem Tag aus dem Unterricht, »deine Eltern sind da«, die Neue hatte ihr aufsässiges Gesicht gemacht und die Tür hinter sich zugeknallt.

So viel dunkle Wut in ihrem Gesicht, als sie in der Mathestunde wieder zurückkam, »ich hätte euch alle erschlagen können«, viel später würde Dora das sagen, »was anzünden, wen erschlagen«, sie hatte sich auf ihren Sessel fallen lassen und dumpf vor sich hingebrütet.

Ab da hielt sie sich an die Regeln. Sie rauchte beim Raucherbaum im Park, sie aß zu den vorgegebenen Zeiten, sie hielt die Studierzeiten ein, einmal in der Woche meldete sie sich für einen Ausgang in die Stadt ab und meldete sich rechtzeitig wieder zurück, sie lag, wenn die Erzieherin ihre letzte Runde machte, in ihrem Bett, »was für ein Scheißsystem ist das!«, fluchte sie, aber sie hielt sich an die Regeln.

Dass ihr die Eltern gedroht hatten, sie würden sie in ein Erziehungsheim stecken oder in ein Kloster, erzählten sich die Mädchen, in ein Internat in der Schweiz, sagte eine, die hätten ja Geld wie Heu. Die Erziehungsleiterin und der Direktor kamen in die Klasse und wiesen, aus gegebenem Anlass, die Mädchen darauf hin, dass man keine Verstöße gegen die Hausordnung dulden würde.

»Wer sich unserer Ordnung nicht fügt, hat hier keinen Platz.«

Dora sah aus dem Fenster, als ob sie das nichts anginge,

»scheißfeig«, sagte sie später im Gruppenraum, »ihr seid alle so scheißfeig«.

Beim Raucherbaum schloss sie eine Art Freundschaft mit Elise, einer Schülerin aus der Achten, die durch ihre zerrissenen Jeans auffiel und ihr hennagefärbtes Haar. Mit ihr ging sie an den Ausgangstagen in die Stadt; wenn sie ein Mädchen aus ihrer eigenen Klasse oder Gruppe traf, sah sie durch sie hindurch. Alle zwei Wochen fuhr sie nach Wien, »sie hat einen Freund«, erzählte Elise, der studierte Politikwissenschaft, oder Publizistik.

»Natürlich schläft sie mit ihm«, sagte Elise, und Leni dachte es, wie denn das ging, dass Dora, die sie nicht leiden konnte, ihre Wut machte sie wie hässlich, wie das ging, dass einer mit ihr schlief. *Was ich will von dir,* würde sie Dora später schreiben, *als wüsste ich noch, was ein Wollen ist.*

Auf Helenes Schreibtisch lag der Folder für die Veranstaltungsreihe, die sie organisierte, *Literatur und Literaturkritik,* sie seufzte. Der erste Termin, *Vom Wesen und vom Wert der Literaturkritik,* war für Ende März geplant, sie war auf die Gäste vorbereitet, sie hatte sich in das Thema eingelesen, sie freute sich auf die Diskussion. Als Abschluss war eine hochkarätige Runde zum Thema *Aktuelle österreichische Literatur im Spiegel der österreichischen Literaturkritik* vorgesehen. Bis vor einer Woche war die Teilnehmerrunde festgestanden, zwei Wiener Feuilletonisten, eine Salzburger Literaturwissenschaftlerin, ein Lektor, dann hatte einer der beiden Feuilletonisten abgesagt.

»Die beiden reden doch nicht miteinander«, hatte Suzana, die die Pressearbeit machte, gesagt. »Die können einander nicht leiden, hast du das nicht gewusst?«

»Profis sollten doch prinzipiell an einem Gespräch interessiert sein!«

»Prinzipiell und in der Theorie ja. In der Praxis nicht.«

Sie würde sich um Ersatz umsehen müssen. Lustlos blätterte sie in den Büchern, die sich auf ihrem Tisch stapelten, eine Empfindlichkeit war in ihrem Körper. Zu Mittag holte sie sich ein Sandwich aus dem Café, ihre Tochter rief an und erzählte ihr, in dem nörgelnden Ton, den sie ihr gegenüber gerne annahm, von einer Seminararbeit und den Schwierigkeiten, Material zu finden.

Es war noch nicht so lange her, da hatte Helene, weil sie gelesen hatte, dass es das war, was Jugendliche gerade taten, so unauffällig wie möglich die Arme ihrer Tochter abgesucht, ritzte sie sich, schnitt sie sich, Ninas grausames Lächeln, wenn sie die Ärmel weit über ihre Handgelenke zog, als gäbe es etwas zu verstecken. Sie hatte Bernhard nie von ihrer Angst erzählt, es hätte doch jedenfalls sie versagt gehabt, wenn ihre Tochter sich schnitt. Und müsste sie es nicht verstehen, das würde sie aber nicht.

»Kannst du nicht mal schauen?«, fragte Nina.

Dass es aber doch ihre Arbeit wäre, sich mit genau diesen Schwierigkeiten herumzuschlagen, oder nicht?

»Dann eben nicht«, sagte Nina.

Dann eben nicht. Nie hätte Helene es gewagt, in diesem Ton mit ihrer Mutter zu reden. Sie notierte sich die Wörter »Salzburger Hanswurscht«, »Rebell«, »Brauchtum«, Suzana steckte den Kopf herein, ob sie einen Kaffee wolle, Helene schüttelte den Kopf.

»Der Papa kocht am Abend«, sagte sie in das feindselige Schweigen der Tochter hinein. »Er freut sich, wenn du kommst. Und morgen setzen wir uns zusammen und schauen, was wir finden.«

»Also gut.«

Nina legte auf, Helene knallte das Handy auf den Schreibtisch. Sie rieb sich die Schläfen, das müde Tageslicht schmerzte sie. Später schaute der junge Praktikant herein.

»Der Kneißl«, sagte er.

»Dr. Kneißl«, sie sah ihn an. »Der Herr Doktor Kneißl.«

Er grinste. »Der Herr Doktor Kneißl lässt fragen, ob Sie mich wohl durch die Abteilung eins führen könnten, Frau Magistra Waldner?«

Als sie gegen sechs die Hauptbücherei verließ, blies noch immer der Wind, Föhnwind jetzt, und ihre Haut war dünn, schien ihr, das fremde Mädchen, das sie gewesen war.

Toc toc toc, qui est là, der Wolf war gekommen, die Mädchen waren davongestoben, das Laub unter den Bäumen war feucht gewesen, fast schwarz, Schichten von vermoderndem Laub. Komplizierte Netze zwischen Freundinnen aufgespannt. An Samstagen blieb die Zeit stehen und man fiel in sie hinein, an Sonntagen war schon fast wieder Montag und man hatte nichts von dem erledigt, was man hätte tun sollen.

Im Spätherbst, im Winter versanken Schloss und Fliegerschule und der Weg dazwischen und die Welt außerhalb von Schloss und Fliegerschule in einem Nebel, der verschluckte die Farben und dämpfte die Schritte, der machte selbst das Heimweh süß und leicht. Sich verirren, dachte Leni, im Eis liegen, unter einer Eisdecke schlafen, an Nebeltagen war Lenis Heimweh leicht und süß.

Leni und Johanna, Gerlinde und Maria, Ursula, das war der innerste Kern gewesen, sieben Jahre lang. In der zweiten Klasse hatten sie sich ein Zimmer geteilt und dann in der achten wieder.

»Ihr seid wie alte Ehepaare«, hatte Dora gespottet.

»Du verstehst das nicht«, hatte Leni gesagt.

Nach der Matura würden sie zusammenbleiben, das hatten sie einander geschworen, aber in den Ferien von der siebten zur achten Klasse war etwas mit Leni passiert, und als sie nach den Ferien zurückkam, hatte sie die Freundinnen schon verloren gegeben.

4

Als müsste sie unter Überwindung einer entgegengerichteten Kraft gehen. Wie war sie in das Vorzimmer gekommen. Es roch nach Fisch, nach Gemüse, nach Knoblauch und Weißwein. Aus dem Wohnzimmer drang Gelächter, Bernhard, Nina, Gregor, wie schön wäre es, könnte sie sich jetzt mit ihrer Familie an den Tisch setzen. Morgen würde sie mit Nina ihre Seminararbeit besprechen, sie würde kochen, Bernhards Lieblingsessen, vielleicht würden sie morgen oder am Sonntag einen Ausflug machen. Es war lange her, dass sie mit den Kindern, aber die Kinder waren groß, oder auch nur mit Bernhard etwas unternommen hatte. Und wann hatten sie das letzte Mal miteinander geschlafen. Eine vierte Stimme, heiser, kratzig, wie mürbe, als würde die Zeit zurückfließen.

Ins Schlafzimmer gehen, sich ins Bett legen, sich schwarz vom Schlaf überfluten lassen. Aus dem Spiegel sah ihr eine blasse Person entgegen, das erinnerte sie, Geistermädchen, sie hätte lachen mögen, hatte sich denn nichts verändert.

Dass ihr Rock verrutscht war, war ihr, als sie eintrat, sehr bewusst, und ihr Haar strähnig, dass Nina glänzende Augen hatte, dass Gregor Dora mit den Augen verfolgte, als sie jetzt auf Helene zukam, und Bernhard neben ihm lächelte.

»Entschuldigt«, sagte sie, »ich bin aufgehalten worden. Hätte ich gewusst, dass du Fischeintopf machst, er ist doch nicht zerkocht, das täte mir leid«, dann war Dora bei ihr und sie erinnerte sich, wie es gewesen war, und wie ihr Duft sie überschwemmt hatte, immer. Eine große Schwäche war in ihr, und eine Wut, weil sie sich dieser schrecklichen Anforderung stellen musste, und dass ihre Familie sie verriet.

Im hell erleuchteten Wohnzimmer verrieten sie auch die Dinge, der schön gedeckte Tisch, Serviettenringe, die Kerzen, die Weingläser und wie hellgrün ein junger Wein, der Brotkorb mit dem knusprigen weißen Brot, der Fischeintopf. Bernhard lächelte, unentwegt, schien ihr, Dora lobte den Eintopf, weiße und bräunliche Fischbröckchen, orangefarbenes Muschelfleisch, buntes Gemüse, dann der Käseteller, sie schmeckte nichts. Als wäre sie, dachte sie, die Überlebende einer Katastrophe, aber wie lächerlich war sie, wenn sie das dachte. Etwas verschloss ihr den Mund.

»Siehst du«, sagte Nina. »Man muss kein Studium haben, um etwas aus sich zu machen.«

Der Spott in Doras Augen.

»Nein«, sagte Helene. »Muss man nicht.«

Sie stand auf und ging in die Küche. Sie schnitt frisches Brot auf, sie wäre gerne so stehen geblieben, die Stirn an die Kühlschranktür gepresst, bis Dora gegangen war, dann würde sie vergessen, dass es diesen Abend gegeben hatte, sie würde Dora wieder vergessen, in ihr altes Leben schlüpfen, wie war sie hierhergeraten.

»Mama?«

Sie drückte Gregor den Brotkorb in die Hand und folgte ihm mit einer frischen Weinflasche.

»Und du?«, fragte Dora. »Was ist aus dir geworden?«

»Hausfrau, Mutter, ich arbeite in der städtischen Bücherei, das sind mir Aufregungen genug.«

»Wusstest du«, sagte Nina, »dass Dora überall war? In Afrika, in China, in Südamerika, in Russland, wo noch? Wusstest du das?«

»Nein. Das wusste ich nicht. Tatsächlich.«

»Sie macht eine Ausstellung in Wien, hast du das gewusst?«

»Nein, Nina, woher sollte ich das wissen. Wir haben uns mehr als zwanzig Jahre nicht mehr gesehen.«

»Ihr habt euch also nach der Matura ganz aus den Augen verloren?«, fragte Bernhard.

Dora zuckte die Achseln. »Ich bin schon vor der Matura weg. Ich hab nicht maturiert.«

»Nein?« Nina riss die Augen auf. »Gar nicht? Cool!«

Helene stellte ihr Weinglas hart auf den Tisch. »Ich weiß nicht, warum es cool sein sollte, wenn man die Möglichkeit zu einer guten Ausbildung einfach wegwirft, aber schön, wenn es das ist, was du tun willst, was ihr tun wollt, Gregor, Nina, geht, und macht, was immer ihr wollt, dann werdet ihr sehen, wie cool es ist, ohne Geld und ohne Ausbildung durchzukommen. Du«, sie wandte sich zu Dora, »du hast das Problem ja nicht gehabt, dass du ohne Geld dagestanden wärst. Vielleicht solltest du das dazusagen, wenn du mit deinem coolen Leben meiner Tochter Flausen in den Kopf setzt.«

Dora hob die Augenbrauen.

»Die Flausen hat sie schon, da braucht sie nicht mich dazu, aber das weißt du sicher. Und was das Geld angeht: Von meinen Eltern habe ich nach der Schule keinen Groschen mehr genommen.«

»Du hast nie viel vom Internat erzählt, Mama«, sagte Gregor.

Helene schüttelte den Kopf. Spinnweben, dachte sie, ich habe Spinnweben im Kopf.

»Da gibt es auch nicht viel zu erzählen. Ich bin mit zehn hinein und mit achtzehn wieder heraus. Wir waren viele Mädchen, wir hatten das Schloss, den Park, den habe ich geliebt, am Wochenende sind wir wandern gegangen.«

»Schrecklich«, stöhnte Nina.

»Ich bin gerne gewandert.«

»Es war grauenhaft«, sagte Dora. »Absolut grauenhaft. Es wundert mich heute noch, dass ich das überlebt habe.«

»Ja«, sagte Helene. »Das haben wir wohl beide.«

Bernhard hob die Flasche. »Noch ein Glas?«, aber Dora winkte ab.

Kurz darauf brach sie auf. Bernhard und Gregor räumten das Geschirr weg, Helene ging ins Schlafzimmer, sie legte sich aufs Bett, und hätte sie denn ein anderes Leben haben können.

5

Dass sie Lene, Helene für Dora wurde, das hatte an einem Tag im Juni begonnen. Sie sollten eine Hausübung in Deutsch schreiben, der Wert der Bildung, die Klasse hatte in einem Anfall von Ungehorsam geschlossen die Arbeit verweigert. »Dann schreibt ihr sie eben jetzt«, hatte der Hummel gesagt.

Draußen flirrte die Sonne über einer Junilandschaft, weiße Bällchen, Pappelsamen, trieben durch die Luft, vielleicht, hatte Leni gedacht, vielleicht wollte sie ja Schafe hüten. Ihr Leben lang nichts tun als Schafe hüten, ihr war bang, wenn sie sich das dachte, die Bildung und ihr Wert und die Welt draußen. Der Bruder hätte fortgehen sollen, der hatte auf dem Hof bleiben müssen, gegen seinen Willen. Sie sah auf den Berg, der stand blau in der Junisonne, Schafe hüten und Bücher lesen. Der Hummel raschelte mit seiner Zeitung, »schreiben, Leni«, sagte er, »nicht träumen«.

Sie beugte sich über ihr Heft. *Kann man nicht auch als ungebildeter Mensch glücklich leben? Ist es nicht ein Irrtum zu glauben, Bildung schenke einem ein besseres Leben, ein glücklicheres, ist es nicht genau anders herum,* sie sah auf, weil sie nicht wusste, wie es genau anders herum sein sollte, machte einen zu viel Bildung unglücklich, war das so? Der Berg zeigte jetzt schroffer seine Falten, von draußen wehten Mädchenstimmen herein, nur noch drei Wochen, dachte Leni. Die Kleinen freuten sich schon so. Sie würden zum Bach gehen, sie würden in der Scheune spielen und im Wald, der Sommer war ihre liebste Zeit.

Dora, die eine Reihe vor ihr am Fenster saß, schrieb nicht

mehr, oder sie hatte keine Lust. Wenn Dora etwas nicht tun wollte, dann tat sie es auch nicht. »Keine Lust«, sagte sie, wenn eine Lehrerin sie fragte, warum sie nicht gelernt hatte, warum sie die Hausübungen nicht gemacht hatte, ihre Sachen nicht mithatte, keine Lust. In den letzten Wochen hatte es Klassenbucheintragungen für Dora gehagelt, ihre Mutter war aus Wien gekommen, um den beängstigenden Leistungseinbruch, so hatte es der Klassenvorstand formuliert, den beängstigenden Leistungseinbruch zu besprechen.

»Willst du denn die Klasse wiederholen?«, hatte die Wildner gefragt, »ist mir egal«, hatte Dora gesagt.

Jetzt zog sie einen Brief aus ihrem Fach, den hatte sie in der Zehn-Uhr-Pause aus der Portierloge geholt. Leni war neben ihr gestanden, es hätte sein können, es wäre Post für sie da, manchmal schrieb die Mutter einen Brief. *Wir sind grad vom Kirchgang zurückgekommen, und bevor ich anfange zu kochen, schreibe ich dir ein paar Zeilen. Die Krokusse kommen schon heraus,* schrieb die Mutter im Frühling, *die Wiese ist sumpfig,* schrieb sie nach Regenfällen, *der Vater und Hans können nicht mähen.* Im Winter schrieb sie: *Es ist Schnee gefallen, Gisi und Franzi bauen einen Schneemann, in der Stube ist es warm.* Meistens endete sie mit: *Bleib brav, mein Kind,* manchmal schrieb sie: *mein liebes Kind,* dann musste Leni schlucken.

Es war aber kein Brief für Leni da gewesen, nur noch drei Wochen bis zu den Ferien, und daheim war viel Arbeit. Sie schaute auf die Bergketten, die, in einem Dunst noch, sich weit in die Landschaft zogen. Alle die Berge abgehen, dachte sie, was hinter den Bergketten lag, andere Bergketten, und wieder dahinter, *Schafe hüten, Bücher lesen, in die Berge gehen, was für eine Bildung wäre denn das.* Dora stieß ihren Sessel zurück, sie polterte durch die Reihe, der Hummel senkte die

Zeitung, die Mädchen murrten. Dora warf ihr Heft auf den Lehrertisch, krachend fiel die Tür ins Schloss. In die Berge gehen, dachte Leni, etwas Wüstes war in Doras Gesicht gewesen.

Beim Mittagessen fehlte Dora. Es war Donnerstag, da hatten sie um zwölf Uhr aus, es gab panierte Hühnerkeulen und Pommes frites, niemand fehlte, wenn es panierte Hühnerkeulen und Pommes frites gab, aber Dora war nicht da gewesen. Sie war auch nicht im Gruppenraum und nicht beim Raucherbaum, was geht es mich an, dachte Leni, als müsste ausgerechnet ich mich um sie kümmern.

»Du hast nicht zufällig Dora gesehen?«, fragte sie Elise.

Elise schüttelte ihr hennarotes Haar, so wüst, was in Doras Gesicht gewesen war. Leni ging in den Festsaal, in die Bibliothek, in die Turmzimmer, ihr Magen verkrampfte sich und sie lief zu der Turmterrasse, aber da war niemand, da war nie jemand, nur Vögel, die im Gebälk saßen, und der Wind. Weil sie unruhig war, als ginge es mich etwas an, dachte sie, ausgerechnet mich, lief sie in den Park, zu den Tennisplätzen, die hinter der Krankenstation lagen, sie warf einen Blick in die Krankenstation, sie lief zum Zeichenhäuschen und weiter in einem Bogen durch den Wald Richtung Pförtnerhaus. Dann vergaß sie, warum sie durch den Park lief, was sollte auch groß sein, warum sich um Dora Sorgen machen. Als ob Dora sich jemals um irgendetwas anderes gekümmert hätte als um das, wozu sie gerade Lust hatte.

Die Sonne fiel durch das Blätterdach auf den Waldboden, goldene Kringel hüpften von Baum zu Baum, ein Specht klopfte wo, was sollte sie den Geschwistern mitbringen, sie musste noch eine Kleinigkeit in der Stadt besorgen, nur noch drei Wochen. Auf der Bank, die unter Bäumen schon außerhalb des Schlossgeländes stand, saß jemand und krümmte sich, wie unter Schmerzen, Leni hatte Dora gefunden.

Sie sollte das nicht sehen, dass Dora sich auf der Bank krümmte, sie konnte aber auch nicht davon weggehen.

»Hau ab«, sagte Dora. »Hau bloß ab!«

Leni setzte sich neben sie auf die Bank. Schafe hüten, dachte sie flüchtig, weil da Wiesen waren, mit Margeriten und Glockenblumen, Steinnelken und Knopfblumen und Sauerampfer, in die Berge gehen.

»Ist es wegen dem Brief?«

»Was weißt du von dem Brief?«

»Nichts.«

»Scheiße«, sagte Dora, »Scheiße verdammte«, sie warf sich, das erschreckte Leni, mit einem wilden Aufschluchzen in Lenis Schoß, sie sagte etwas, das verstand Leni nicht, sie bohrte, wie wütend, ihren Kopf in Lenis Schoß, Doras Weinen, das in Wellen durch Lenis Körper ging.

In den Tagen, die dieser Begegnung folgten, wechselten sie kein Wort, das war vorher nicht anders gewesen. Manchmal meinte Leni, Doras Blick zu spüren, und manchmal dachte sie daran, wie Doras Weinen ihr durch den Körper gegangen war, und Doras Haar, das war drahtig gewesen unter Lenis Fingerspitzen, das schwere süße Ziehen in Lenis Schoß.

In Deutsch sprachen sie über einen lesenden Mönch und was es hieß, sich zu versenken. »Autonomie«, sagte der Hummel, »die Freiheit im Geist der Macht entgegenstellen.«

Nach der Stunde blieb Dora neben Leni stehen. »Um eins beim Tor. Du kommst doch.«

Wie hätte Leni das ablehnen sollen. Und hätte sie es denn ablehnen wollen.

»Mir ist nicht gut«, sagte sie zu Johanna und Ursula, die ungeduldig in der Tür des Gruppenraums standen und auf sie warteten. »Geht alleine.«

Um eins war sie am Tor und war fast erleichtert, dass Dora nicht da war. Nichts würde ihre Seele beunruhigen und das nächste Mal würde sie wieder mit den Freundinnen sein.

»Ich hab uns abgemeldet«, sagte Dora neben ihr, »kommst du.«

Als wäre es nicht sie, so ging sie mit Dora den Weg in die Stadt, mit Dora und auch nicht mit Dora, die voranging, lief fast, und Leni lief neben, hinter ihr her. Als zerbröselte ihr sachte das Brustbein in einem wehen Ziehen. Dann saßen sie mit hochgekrempelten Hosen unter Weiden am Ufer des Sees, ihre nackten Füße baumelten über dem Wasser, in dem die schnellen Schatten von Fischen im Braun, im Gold aufblitzten. Dora schlug mit den Fersen an die Ufermauer, sie hatte kein Wort gesagt, seit sie aufgebrochen waren, und Leni wusste nicht, was sie hätte sagen sollen. Dass sie mit Dora hier saß, wie war das gekommen.

»Ich bin schwanger gewesen«, sagte Dora, »ich hab es wegmachen lassen.«

Ein Schwarm Fische schoss wie durchsichtig im Gold, ein Weidenblatt fiel auf das Wasser, »wann«, stammelte Leni, »jetzt?«

Dora riss an ihren Haaren, dass Leni wegschauen musste. »Voriges Jahr. Im Sommer.«

Sie hatten, fiel ihr ein, vor einem halben Jahr über Abtreibung diskutiert. »Das darf man nicht«, hatte Leni gesagt, »das ist ganz schrecklich, es ist eine Sünde, vor Gott und den Menschen!«

»Wer hat denn dir ins Hirn geschissen?«, hatte Dora gesagt. »Was redest du für einen Mist?«

»Doch ist es eine Sünde!«

»Und wenn, wen kratzt es?«

»Es ist ein Verbrechen!«

»Ist es nicht.«

»Niemand hat das Recht. Niemand.«

»Unsere Moraltante.« Dora hatte sich zu den anderen gewandt, die anfangs noch mitdiskutiert hatten, »unsere fromme Helene«.

»Da muss man sich eben zurückhalten, dann wird man auch nicht schwanger. Und wer nicht verheiratet ist, soll auch nicht, muss ja nicht, darf eben nicht ...«

»Was nicht?« Doras lauernder Blick.

»Das eben.«

»Was, das?«

»Mit einem Mann zusammen sein.«

Dora hatte gebrüllt vor Lachen. »Mit einem Mann zusammen sein, so nennst du das, wie heilig ist denn das? Du kannst es noch nicht einmal aussprechen, mit einem Mann schlafen, vögeln, bumsen, noch nie gevögelt, noch nie gebumst, aber du willst wissen, ob man es tun darf oder nicht, dir hat wirklich wer ins Hirn geschissen.«

»Wenn eine so verhurt ist wie du«, hatte Leni gesagt, das fiel ihr jetzt ein, »wenn eine so verhurt ist, geschieht es ihr recht, dann muss sie die Konsequenzen tragen.«

»Ach ja, ist das so?«

»Dann ist sie selber schuld.«

»Du brauchst dir ja keine Gedanken zu machen über Konsequenzen! Wahrscheinlich machst du es dir selber, weil da sonst keiner ist, richtig?« Dora hatte gelacht, triumphierend.

»Und ist das keine Sünde vor Gott und den Menschen?, aber natürlich, es gibt ja keine Konsequenzen, da kann man so tun, als wär nichts, ihr seid doch alle gleich, ihr scheißverdammten Katholiken. Ist das nicht witzig?«, hatte Dora gezischt. »Unsere kleine Heilige vögelt sich selbst! Wie machst du es dir?, sag's mir, dann sag ich dir, wie ich es mit einem Mann mache, wo machst du es dir?, am Klo, beim Baden, wenn das Wasser dich heiß macht, wartest du, bis die anderen schlafen, wie machst du es dir?«

»Du bist so eine Sau«, hatte Leni gesagt, »es tut mir leid«, sagte sie jetzt, »bitte, es tut mir so leid.«

Doras Fersen schlugen auf die Ufermauer. »Mein Freund hat eine neue Freundin.«

»Das tut mir leid«, sagte Leni, verzweifelt, dass es keine anderen Worte, keinen anderen Satz gab als diesen.

»Scheißkerl.«

»Hätte er es haben wollen?«

Dora lachte.

»Und du?«

Weil ein Motorboot aufgischtend über den See fuhr, schlugen die Wellen leise klatschend an die Mauer. Eine Entenfamilie schaukelte im Wellengang und ein schwarzer Vogel tuckerte ruckend vorbei.

»Du musst doch nicht weinen«, sagte Dora. »Es ist vorbei, wein nicht.«

Dora knotete ihre Turnschuhe zusammen, sie hängte sie sich um den Hals und sprang von der Ufermauer in das seichte Wasser. »Da ist ein Boot. Lass uns rudern.«

Bei der Landspitze, die in den See hineinragte, legten sie an. Das Schilf raschelte und die Blätter der Erlen zitterten. Schwäne mit hässlichen schwarzen Füßen standen am Ufer, einer fuhr zischend auf Dora los, die packte Leni am Arm und sie liefen durch das Gras, das hoch stand, Dora schrie und lachte, endlich blieben sie stehen, der Schwan hatte die Verfolgung aufgegeben. Er machte seinen langen Hals noch länger und spreizte fauchend seine Flügel.

»Wir kommen hier nie wieder weg«, sagte Leni, »wenn der uns nicht vorbeilässt.«

Dora ließ sich ins Gras fallen. »Dann bleiben wir hier.«

Sie lehnte sich an den Stamm einer Erle, Leni setzte sich neben sie. Weit draußen zogen Segelboote vorbei, weiße und gelbe Dreiecke im Blau, und Leni saß mit Dora in einer Wildnis im Gras.

»Warum bist du im Internat?«, fragte Dora. »Warum bist du nicht zu Hause, warum haben sie dich weggeschickt?«

»Ich sollte was Besseres lernen als die Eltern.«

»Wie ist es, mit zehn von daheim weggehen?«

»Nicht so gut.«

»Und du bist ihnen nicht böse?«

»Nein, warum?«

Dora holte ein Päckchen Zigaretten aus der Brusttasche ihrer Jeansjacke, sie hielt es Leni hin, Leni schüttelte den Kopf. Dora machte die Augen schmal, als sie die Zigarette anzündete, sie sog den Rauch ein, schnippte die Asche weg, die Haut um ihre Nägel war abgebissen.

»Ich beiß normal nicht Nägel«, sagte sie schroff, »Scheißkerl«, sie fiel in ein düsteres Schweigen. Durch die Krone der Erle ging ein Windstoß, die Gräser, Zittergräser, beugten sich im Wind, »Castaneda«, Dora drückte den Zigarettenstummel in die Erde, »schon einmal gehört?«

Leni schüttelte den Kopf.

»Das musst du lesen«, sagte Dora und erzählte von Menschen,

die Pilze aßen, Peyote, und dann flogen, oder Halluzinationen hatten, oder wirklich flogen, die sich im Geist an andere Orte begaben, »was ist schon wirklich«, sagte Dora, »die Grenzen unseres Bewusstseins sprengen«, die Erlenschatten machten Doras Augen grau. »Und du, was liest du?«

»Nicht so was.« Leni errötete. »Dramen grade, Schiller, Grillparzer, Hebbel.«

»Das alte Zeug?«

»Ich mag das. Es ist nicht so alt. Ich stelle mir immer vor, ich bin die Braut von Messina, ich bin der Karl Moor, ich bin Libussa, dann ist es, als wäre es jetzt, verstehst du?«

Viel später, als wieder ein Windstoß das Gras beugte und die Blätter rauschten und das Wasser gluckste an die Ufersteine, fuhr Leni erschrocken hoch. »Wir müssen zurück! Höchste Zeit!«

»Ist doch egal.«

»Aber es ist nicht egal. Du kriegst Schwierigkeiten, und davon hast du doch schon genug, komm jetzt.«

Mit dem Läuten zur Studierzeit stolperte Leni in den Gruppenraum. Sie strich sich die Haare aus der Stirn und trank in großen Zügen Wasser vom Wasserhahn.

»Wo warst du?«, fragte Johanna hinter ihr.

Leni spritzte sich Wasser ins Gesicht. »Im Park.«

»Ich dachte, dir ist schlecht?«

»Mir war dann besser.«

»Ich hab dich gesucht.«

»Ja mein Gott«, sie fächelte sich Luft zu, »jetzt bin ich ja da.«

Dora, die sie zurückgemeldet hatte, riss die Tür auf. Johannas Blick, der von Leni zu Dora und wieder zu Leni ging. Dora schob Johanna grob zur Seite, dann kam die Wildner, »noch ist nicht Schulschluss, an die Arbeit, Mädchen.«

Leni ignorierte Johannas bohrende Blicke und vergrub sich in ihr Matheformelheft, sie würde die Mathematik nie verstehen. Einmal hob sie den Kopf, Dora sah aus dem Fenster, der steinerne Balkon, die Balustrade, der See, der Berg. Dora drehte sich um, ihr Gesicht war wie leer, ausgeleert, dann, als erinnerte sie sich, und als fiele ein Bild von Leni in Doras Augen, hinter ihre Pupillen, schilfgrün, oder wie violett im dämmerigen Licht, ein Bild von Leni.

»Du hast Ehefrau vergessen.«

Bernhard drehte das Licht auf seinem Nachttisch auf. Sie vergrub den Kopf im Polster.

»Bei deiner Aufzählung, was du geworden bist. Hausfrau, Mutter, Bücherei. Du hast Ehefrau vergessen.«

»Ist das ein Problem?«

»Ich weiß nicht. Ist es das?«

»Herrgott, Bernhard.« Sie blinzelte ins Licht. »Ich hab echt einen beschissenen Tag gehabt. Du weißt, dass ich mit dir verheiratet bin. Und die anderen wissen es auch, was soll das also jetzt?«

Sie drehte ihm den Rücken zu und zog die Decke über den Kopf. »Es ist nichts. Lass mich einfach schlafen, morgen ist das wieder vorbei.«

Nach einer Weile drehte Bernhard das Licht ab. Sie starrte in die Dunkelheit, wenn sie ihren Atem ausließ, das durfte sie nicht.

Sie war mit Dora in einer Wildnis gewesen, an einem Wasser unter Erlen, ein Schwan hatte zischend und pfauchend seine Flügel gespreizt, Doras Augen waren grün gewesen wie das Schilf, als ruhte die Welt, an deren Rändern Wasser gluckste.

In den zwei Wochen, die dann noch gewesen waren, redeten sie nur das Allerbanalste. Dora blieb für sich und Leni war mit Johanna, »geht's dir gut«, fragte Dora einmal im Vorübergehen, ihre Hand streifte Lenis Hand.

Zum Schulschluss fuhren sie nach Kärnten auf Landschulwoche, Leni hatte eine Gewissheit, sie würde dort mit Dora sein können. Dora kam aber am Sonntag nicht aus Wien zurück, »sie ist krank«, sagte die Wildner.

»Die will nur nicht mit uns fahren«, sagte Johanna, und Leni saß mit Johanna an Ufern und unter Bäumen, mit Maria, Gerlinde und Ursula, und dann kam der Sommer und danach war alles anders.

6

Ein Stück zerbrochener Himmel war einmal gewesen, tieftiefblau. Als könnte man, so hatte es sich Leni vorgestellt, als sie ein Kind war, und in der Scheune war das Heu gewesen, süß duftend, stachelig und weich, nie wieder war etwas so süß und weich und stachelig gewesen wie das Heu ihrer Kindheit, als könnte man in den Himmel hineinfallen wie in ein Wasser, kühl. Das Scheunenfenster war zerbrochen gewesen und der Zacken, der noch im Rahmen steckte, stach den Himmel und machte das Blaue grau, aber wo das Glas herausgebrochen war, leuchtete der Himmel tieftiefblau und Leni fiel in den Himmel wie in einen Ozean.

Sie hatte zu wenig tief geschnitten. Noch Jahre später hatte sie das gedacht, sie hätte tiefer schneiden sollen. Und in der richtigen Richtung, längs, nicht quer. Heute wusste man das alles, und wenn man es nicht wusste, konnte man sich im Internet informieren, aber woher hätte sie das damals wissen sollen. Sie hatte doch alles selbst herausfinden müssen, das immerhin, keine Erfahrung aus zweiter Hand.

Sie fuhr sich über die Narben an den Handgelenken, die waren zu dünnen weißen Strichen verblasst, sie versteckte sie immer noch unter Armbändern. Was für eine dramatische Geste. Und wie dumm, sich so zu entäußern, sich die eigene Lächerlichkeit in die Haut zu schreiben.

»Wir haben Sie zusammengeflickt«, hatte der Arzt gesagt. »Wenn Sie Glück haben, wird man nicht mehr viel sehen.«

Die anderen Narben, Striche und Kerben an den Armen,

seltsame Muster in der Haut, konnte sie nicht immer verstecken. »Als Kind bin ich in einen Stacheldraht gekommen«, sagte sie, wenn sie jemand danach fragte. So hatte sie es auch Bernhard erzählt. Er hatte sie in sein Studentenzimmer geschmuggelt, sie waren auf dem schmalen Bett gelegen, sie hatte die Augen schließen müssen vor etwas, das in seinem Gesicht war.

»Als Kind?«

Eine Amsel sang im Hof, im Juni wurde es um vier schon hell, die Luft war kühl, sie dachte an das Zimmer im Krankenhaus.

»Vor ein paar Jahren«, sagte sie, ungeduldig, »auf einem Hof kann das passieren.«

»Und das?« Er nahm ihre Hand, er schob die geknüpften Bänder nach oben, er fuhr mit dem Finger über die Narbe.

Sie zog die Hand weg. »Das war was anderes.«

»Erzähl es mir.«

»Das war nichts. Das war eine Dummheit.«

Sie wollte aufstehen, er zog sie wieder zurück. Das Ungeschickte dieser ersten Liebesakte; und sie durfte das nicht zulassen, Fragen.

Ich mochte dich noch nicht einmal, hatte sie Dora geschrieben, im Sommer vor dem letzten Jahr. *Was weiß ich von dir, oder du von mir, und ich mochte dich noch nicht einmal.*

Sie war so aus der Welt gefallen mit einem Mal. *Ich weiß nicht mehr, wer ich bin, und wo, wem ist das zu sagen. Ich muss an dich denken,* schrieb sie, *so oft, seit wir am See waren. Ich möchte eine andere sein seitdem und weiß nicht, welche.* Als hätte sie keinen Anteil mehr an der Welt, *wie eine Marionette bin ich, eine hölzerne Puppe, die zappelt, weil sie an Schnüren hängt.*

Die Luft, die sie atmete, war schon lange veratmet, was bunt war und laut, was lief und lachte und schrie, was nach Sommer roch, so süß, das war nicht mehr für sie. Die Wärme auch, die in einem Menschen war, oder in einem Stein, dass der Stein hart war und rau, und wie die Kühe Grasbüschel rupften, wie sie den schweren Leib an einem Baum rieben, dass Schwalben um Kirchtürme waren, ihr hoher Schrei, und die Dächer waren rot. Dass man die Luft trinken konnte, die Heuluft, die kühle Steinluft, wie Wasser, das war für die anderen, nicht für sie. Sie spielte mit den Kleinen, es war heller Tag, die schwarze Flut war über ihr, das sah keiner, das wusste keiner, wäre sie nur schon ertrunken, ganz. *Ich sollte nicht, das ist doch so, ich sollte dir nicht schreiben.*

Doras Namen zu sagen, tröstete sie. *Da ist ein Waldstück, Dora, ein Bach fließt am Weg vorbei, mein Bruder und ich haben Fische gefangen, in anderen Sommern, es wird mir wieder wirklich, wenn ich weiß, dass du es auch denken wirst, süßes Heu und Fischwasser.*

Und dass Dora antwortete. *Lene, Helene,* schrieb sie, *ich habe es lange keinem andern mehr gewünscht, dass es ihm gut gehen soll, du weißt, warum. Dass wir uns nicht mochten, woher kam das, du warst so gesund. Und so rechtschaffen, mit deiner Bergmoral, was weißt denn du, dachte ich, wie es einem gehen kann. Dass sich dir die Welt verwirrt, Lene, vielleicht muss das ja sein. Und dass wir uns nur so finden können.*

Ich will wissen, wie du als Kind warst, schrieb Dora, *die Haare zu Zöpfen geflochten. Ich denke mir dich, wie du barfuß über Wiesen läufst, wie kann dir denn die Welt verschwinden, sag. In Wien ist es eng, Lene, ich lebe in der Nacht.*

Steile, krakelige Schrift, und wie sie brütete über jedem Wort. Zwischen den Briefen fiel sie in eine Verzweiflung.

Wie lange war das her, über zwanzig Jahre, und was hatte das noch mit ihr zu tun. Helene erhob sich vom Badewannenrand, es hatte auch Gregor schon zweimal geklopft. Sie musterte sich im Spiegel, Geistermädchen. Die Vergangenheit war vergangen, und sie hatte gelernt, mit Beunruhigungen umzugehen.

Im Lauf der Woche fand sie einen Ersatz für den abgesprungenen Feuilletonisten, einen deutschen Rezensenten, der für mehrere überregionale Zeitungen schrieb. »Nabelschau«, hatte er gesagt. »Und ein Schmoren im eigenen Saft, sind Sie sicher, dass Sie den Blick von außen wollen«, da hatte sie ihn aber nun schon eingeladen.

Den Praktikanten, Justin, auch das noch, dachte sie jedes Mal, wenn sie ihn ansprach, bat sie mehrfach, sich mit Dienstantritt zu entkabeln und zu entstöpseln, »und nehmen Sie um Himmels willen die Kopfhörer ab!« Sein schmales, spöttisches Lächeln ärgerte sie.

Einmal besuchte Gregor sie während ihrer Mittagspause. Sie aßen miteinander, er schien ihr überreizt, die Matura, dachte sie, oder ein Mädchen. Ein paar Mal setzte er an, als wollte er etwas sagen, er behielt es aber dann doch für sich. Dass man nie wusste, ob es besser war zu fragen oder nicht zu fragen, beides war gefährlich. Beim Abschied umarmte sie ihn, das hatte sie lange nicht mehr getan. Er löste sich aus der Umarmung, verlegen, und was sollte er auch mit ihrer Sentimentalität anfangen.

Von Nina hörte sie die ganze Woche nichts, »das Fräulein Tochter«, sagte sie zu Bernhard.

»Wenn du ein Problem mit ihr hast, rede mit ihr.«

»Ich habe kein Problem mit ihr. Sie könnte sich zwischendurch melden, das ist alles. Dass sie nicht mehr zu Hause wohnt, scheint für sie zu heißen, dass es uns nicht mehr gibt. Außer wenn sie was braucht, Geld oder Essen oder Recherchedienste. Stört dich das denn gar nicht?«

»Du übertreibst«, sagte Bernhard. »Ruf sie halt an.«

»Dass du immer zu ihr hältst!«

»Wir sehen sie jedenfalls öfter als unsere Eltern uns in diesem Alter gesehen haben.«

»Das ist etwas ganz anderes!«

»Ihr streitet jedes Mal, wenn ihr euch seht, ist es da nicht besser, wenn ihr euch nicht so oft seht?«

»Du verstehst mich nicht.«

»Nein. Doch. Ich weiß nicht, was gibt es da zu verstehen?«

»Nichts«, sagte sie. »Gar nichts.«

Später tat es ihr leid, dass sie so patzig reagiert hatte. Er saß über seinen Gartenbüchern, sie setzte sich zu ihm. Er sah auf, er lächelte, »alles gut?«

Sie nickte, es war aber eine Unruhe in ihr und eine Betäubung. Der Rest der Woche verlief ereignislos, am Samstag schliefen sie miteinander, sie hatte das Gefühl, es Bernhard schuldig zu sein. Am Sonntagabend rief Dora an.

Nicht mehr lange, hatte Dora am Ende des Sommers geschrieben, *nicht mehr lange, Lene, bis wir uns sehen. Dass ich mich freuen würde, zurückzukommen, das hätte ich nicht gedacht, das hätte ich nicht gewollt vor einem Jahr, aber vor einem Jahr, da mochten wir uns noch nicht. Ich bin im wirklichen Leben ganz unerträglich, das weißt du, wie wird es sein, wenn wir uns sehen?*

Ein bewusstloses Schreiben war zwischen ihnen gewesen und ein Raum, in dem sie sein konnte. *Dass du die Einzige bist, Dora, die mich in der Welt hält, wie kommt das, sag du es mir. Und weißt du, wie lieb du mir bist.*

Dann waren die Ferien zu Ende gewesen, »das letzte Jahr«, hatte der Vater gesagt, »wir sind sehr stolz auf dich«.

Drei Stunden mit dem Zug, es stiegen nur wenige Mädchen zu, die Leni kannte. Wie hatte sie sich so preisgeben können. *Du bist mir so lieb, Dora,* als gäbe es kein Morgen.

Meine süße Sommerlene, hatte Dora im letzten Brief geschrieben. Im Spiegel hatte Leni ein blasses, unscheinbares Mädchen gesehen, Geistermädchen, Nebelmädchen, wie sollte das, was sie war, vor Dora bestehen können.

»Hast du meinen Brief nicht bekommen?«, fragte Johanna nach der Begrüßung. »Ich hab dir geschrieben, hast du den Brief nicht gekriegt?«

»Doch«, sagte Leni, »danke.«

»Du hättest zurückschreiben können!«

»Ja. Tut mir leid.«

»Ich hab ein Zimmer besetzt. Mit wem sollen wir zusammengehen?«

Dora kam den Gang entlang. Ihr dunkles Haar, wie drahtig war es unter Lenis Fingerspitzen gewesen, glänzte. In einem goldenen Schimmer ging Dora durch das Sonnenlicht, das in breiten Streifen durch die Zimmerfenster in den Gang fiel, *Lene, meine Sommerlene.*

»Wollen wir nicht zu fünft? Gerlinde, Ursula und Maria würden auch gerne«, *Lene, Helene, Sommerlene,* Dora blieb vor Leni stehen.

»Was ist?«, sagte Johanna schroff, »was schaust du so blöd?«

Leni zupfte Johanna am Ärmel, Johanna machte eine unwirsche Bewegung.

»Du blöde Kuh!«, sagte Johanna.

Dora lächelte. »Aber ihr kommt doch aus den Ställen«, sagte sie.

Alina schoss aus einem Zimmer heraus, »Doraaaa! Wir haben dir besetzt, du kannst das Bett am Fenster haben, wir sind zu dritt, du, Henriette und ich, du musst erzählen, wie es in Frankreich war«, *wie wird es sein, wenn wir uns sehen,* »also dann wir fünf«, sagte Johanna.

»Die blöde Kuh«, sagte Johanna, als sie das Zimmer bezogen. »Die blöde Kuh«, sagte sie, als sie beim Abendessen im Speisesaal saßen und Alina und Henriette und Gabriele am oberen Ende des Tisches laut aufkreischten, weil Dora von Frankreich erzählte. *Ich hab mich verliebt,* hatte Dora geschrieben, *nichts Ernstes, eine Sommergeschichte, ein Sommerflirt, ich muss doch aus dem Engen hinaus, das überall ist,* »blöde Kuh«, sagte Johanna. Ein wildes Gelächter stob auf, ein Johlen und Prusten, »Mädchen, bitte!«, sagte die Wildner.

Du kannst mir nicht böse sein, Lene, dass das Leben leicht gewesen ist in diesen zwei Wochen, es waren gar keine zwei Wochen, zehn Tage, ich habe an dich gedacht, hast du das nicht gespürt.

Doras Blick traf sie eisig, kein Bild von Leni, das hinter Doras Pupillen fiel. Der Abend nahm kein Ende, ein schreckliches Ziehen war hinter Lenis Brustbein. Als die anderen schliefen, irgendwann nach zwölf, und weil keine Luft mehr war und das Ziehen sie krümmte, stand Leni auf. Sie ging an der Tür vorbei, hinter der Dora schlief, der Mond schien bleich durch die Oberlichten im Waschsaal, die Fliesen im Waschsaal waren kalt, *ich hab dich so lieb,* hatte sie geschrieben, das Ziehen wegmachen, durch die Kraft ihres Willens sterben, vielleicht ging das ja, auf den kalten Fliesen erfrieren, »was machst du da, Lene?«, fragte jemand, das war Dora, die schüttelte sie, schilfgrüne Augen und ein bleicher Mond.

7

Sie hatte Bernhard gegen Ende ihres Studiums kennengelernt. Eine Studienkollegin, mit der sie ein Seminar besuchte, Literaturlandschaft Südtirol, hatte sie überredet, zu einem Studentenfest in ein anderes Heim mitzukommen. Die Studienkollegin war bald im Dunst des Tanzbodens verschwunden, einer war neben Helene gestanden, mit dem hatte sie ein paar Worte gewechselt, bevor sie wieder ging, flüchtete eigentlich, weil Massen, feiernde Massen, feiernde studentische Massen sie immer noch in eine heillose Einsamkeit warfen. Das nächste Mal sah sie ihn ein halbes Jahr später im Kino, er war mit Freunden da, »komm mit«, sagte er, »wir gehen noch was trinken«, sie lehnte unter einem Vorwand ab.

Sie beendete ihr Studium und begann das Probejahr, obwohl sie da schon wusste, dass sie nicht Lehrerin werden wollte. Die Jugendlichen, die sie in der Straßenbahn beobachtete, schienen alle stark und gesund zu sein und niemanden zu brauchen, am allerwenigsten Lehrer, wozu sich einer Feindseligkeit aussetzen, und was hätte sie ihnen zu sagen. Wie die Zeit nicht verging. Einmal traf sie jemanden auf der Straße, der schien erfreut, sie zu sehen, »Bernhard«, sagte er, »wir kennen uns von einem Fest«, sie erinnerte sich an den Schatten in seinen Augen.

Diesmal nahm sie sein Angebot, noch was trinken zu gehen, an. Er saß ihr gegenüber, er war nicht hübsch, er war nicht hässlich, er sah sie an, als hätte sie etwas Intelligentes gesagt, und sie sagte doch nur die allerbanalsten Sätze. Manchmal gingen sie nun ins Kaffeehaus oder ins Kino, er versuchte nie, ihre Hand zu nehmen, darüber war sie froh. Es wurde Mai, es wurde Juni, die Amseln flöteten blau, sie wollte, dachte sie, für Bernhard ein Gefühl finden, das er verdiente, mit der Schwangerschaft ging ihre schüchterne Fastliebe unter.

Weil es leichter war, ihre Fremdheit zu ertragen, wenn sie alleine war, war sie nach der Matura nach Wien gegangen und nicht nach Salzburg, wo die Freundinnen studierten. In der äußersten Einsamkeit überleben, und wo war sie beheimatet, doch nicht im Jetzt.

Sie mochte den Regen in Wien und dass es nach feuchter Erde roch mitten in der Stadt. Im Sommer lag in den Stadtbahnstationen eine flirrende Hitze über den Gleisen, die Luft war wie rostig und auf der Ringstraße explodierten die Kastanienalleen in ein staubiges Grün. Sie lernte die alten Gebäude zu lieben, wie bröseliger Stein, kupfergrüne Dächer. Der Burggarten wurde von Menschen mit langen Haaren und bunten Kleidern besetzt, sie floh in die Bibliotheken, in die Institute. Auf der Bühne des Burgtheaters träumte ein junger Mensch vom Sieg, vom Tod, wie eine Flamme flackerte er, und verlosch.

Unweigerlich musste sie an Sonntagen weinen. Hatte sie am Samstag noch gedacht, dass es ihr gut ging, so gut, dass sie am nächsten Tag würde lernen können, oder lesen, oder auch hinausgehen, dass sie einen Ausflug machen könnte, mit dem Bus auf die Steinhofgründe oder mit einem Regionalzug an die Donau, nach Melk, nach Klosterneuburg, auf den Semmering vielleicht, wie lange hatte sie keine Wiesen mehr gesehen und Wälder, am Sonntag liefen ihr, noch bevor sie die Augen öffnete, die Tränen übers Gesicht. Könnte sie den Tag regungslos im Bett verbringen, sie verblutete nach innen. Sie stand unter der Dusche, lange, könnte sie immer so stehen und heißes Wasser wüsche ihre Not ab. Sie lauschte auf Geräusche in der Gemeinschaftsküche des Studentenheims, wenn sie sicher war, dass niemand in der Küche war, huschte sie hinüber und holte, schnell schnell, Brot, Käse, Wurst. Wenn ihr das Jämmerliche ihres Tuns bewusst wurde, schlug sie mit dem Kopf gegen die Wand. Sie wünschte, sie könnte ein Ende machen, als ginge das noch.

An den Samstagen war sie voll Hoffnung. Bis Mittag arbeitete sie in der Nationalbibliothek, das dämmrige Licht dort, und draußen fiel Regen oder Schnee oder Sonne, sie hatte ein Recht und einen Platz in der Welt. Danach ging sie über den Ring, die Operngasse hinunter zum Naschmarkt, sie brauchte nicht viel, es war aber etwas, das sie daheim erzählen konnte, weltmännisch, der Naschmarkt, der Flohmarkt, die Gerüche, das Stimmengewirr, die seltsamen Früchte. *Das bunte Treiben,* schrieb sie nach Hause, *wenn ihr das sehen könntet. Exotisch,* schrieb sie, *ein Drängeln, ein Schubsen, ein Stoßen, der Balkan ist da und China, Indien, Afrika, heute habe ich einen Indianer gesehen.*

Manchmal kaufte sie ein Heft oder ein Notizbuch mit schönem Umschlag, weil sie das aufschreiben wollte, was an Samstagen war, eine Welt, die hinter einer unsichtbaren Grenze lag, ein erregendes Sein. Die Gefahr auch. Männer und Frauen in weiten lila und orangen und rosa Hosen, die Ketten und Taschen, die sie trugen und dass sie einander auf offener Straße küssten, gefärbte Haare und ein süßlicher Geruch, Haschisch, man konnte in einen Spiegel fallen, viele Welten waren ineinandergeschoben.

Es war aber nicht möglich, den Wörterfluss aus ihrem Kopf

aufs Papier zu bringen. Sie saß an ihrem Schreibtisch, sie sah auf den Baum im Hof, dessen grüner Schatten in ihr Zimmer floss, sie sah auf das weiße Papier. Sie schlug das Heft, das Notizbuch zu, später würde sie es mit Einkaufslisten füllen, auszuleihenden Büchern, Zugzeiten.

Sie hatte Glück, ihre Zimmerkollegin hatte einen Freund und fuhr an fast jedem Wochenende nach Hause, manchmal schon am Donnerstag. Sonntags kam sie spät zurück, da konnte Helene so tun, als schliefe sie schon. Wenn sie aber doch das eine oder andere Mal in Wien blieb, ging Helene ins Museum, jahrelang ins Kunsthistorische, es war ihr nicht möglich, in ein anderes Museum zu gehen. Stürzende Engel, stürzende Teufel, Höllenmasken. Brennende Städte, ein Turm, ein Prediger mit glühenden Augen im bleichen Gesicht, Ströme von Menschenleibern und zuckende Glieder und Hände, die sich in Fleisch krallten, rosig aufblühendes Mädchenfleisch. Sanfte Kühe in braunen Landschaften trieben ihr Tränen in die Augen. Wie sich Gruppen von Reisenden in der Weite der Wälder verloren, eine Mutter ritt mit ihrem Kind auf einem Esel, im Hintergrund erschlugen Räuber Soldaten. Schnee fiel und auf Eisflächen drehten sich kleine bunte Figuren. Ein Kind pinkelte, ein Mann, ein Hund. Engel, die verkündeten, Engel, die töteten, und Georg stieß dem Drachen den Speer in den schuppigen Leib, an vier Flüssen lagerten Götter. Wie viele Totenschädel grinsten, wie viele Sanduhren, Sensen, Spiegel, Blumen riefen: Der Tod! Der Tod!, die Schönheit dessen, was verging, und der Löwe ruhte neben dem Lamm. Lilien wuchsen und Erdbeeren, Blutstropfen verwandelten sich in züngelnde Schlangen, in Kaulquappen, in Gewürm, und Eva reichte Adam den Apfel, der ihn nahm, und seine Blöße bedeckte. Hirschjagd, die Infantin in rosa, in blau, ein Hündchen, ein Glöckchen, eine Schelle. Den Sonntag zu überleben, das war die Aufgabe, die am Ende der Woche auf sie wartete. Was in der Luft war, Bröseln und Knirschen von Knochen.

Lesend hatte sie das Gefühl, über Worte zu verfügen, ein Mensch zu sein. Die Schönheit von Lesesälen. Und leises Verbluten im dämmrigen Licht.

Sie erzählte Bernhard nie von dem seltsamen Mädchen, das sie gewesen war. Obwohl sie ihn nicht liebte, das immerhin wusste sie, hätte sie es nicht ertragen, das Mitleid in seinen Augen zu sehen und den Rückzug hinzunehmen, den er antreten würde, unweigerlich. Und wie sie, selbst wenn sie nicht liebte, lächerlich wäre in dieser Zurückweisung.

8

Bilder von Kloschüsseln reihten sich an der Wand, in unterschiedlichen Stadien der Verschmutzung, darunter Bilder von Klofrauen, in blauen Mänteln, weißen Mänteln, bunt gemusterten Schürzenkleidern, mit ihren Werkzeugen oder an Tischchen sitzend, auf denen Tellerchen standen mit Münzen oder nicht Münzen, Kalender mit Tierbildern, Plastikblumen, eine Biene Maja. Die Klofrauen sahen mit unterschiedlich freundlichen bis grimmigen Gesichtern von der Wand herab.

»Beschissener Alltag I«, las Bernhard den Titel vor. »Und: Beschissener Alltag II. – Was steht im Katalog?«

Helene blätterte. »Die HinterNseite der Gesellschaft. Resultate des Allerprivatesten im öffentlichen Raum hinter verschlossenen Türen. Wiener Toiletten im Zeitraum August–Dezember 2009. Und wer wischt nach? Wiener Klofrauen im Zeitraum August–Dezember 2009.«

»Nun ja.« Bernhard grinste. »Und warum nicht.«

Sie gingen weiter. Dora auf der Toilette sah von den Wänden. In unterschiedlichen Stadien des Bekleidetseins, auf unterschiedlichen Toiletten, Tampons wechselnd, sitzend, wie wartend, sich krümmend, sich abwischend, das Gesicht verzerrt, gelangweilt, müde, angestrengt, leer.

»Beschissener Alltag III«, Helene rümpfte die Nase. »Im Zeitraum August–Dezember 2009. Wenigstens hat sie uns die Resultate ihres privaten Tuns erspart, großteils jedenfalls. Kannst du mir sagen, warum sich das jemand anschauen soll?«

Bernhard ging ganz nah an die gerahmten Bilder heran, der kleine Tanz, den er immer aufführte, wenn er etwas genau ansehen wollte, ein Schritt vor, ein Schritt zurück, zur Seite, er hob die Hand, vielleicht um eine Spiegelung auszuschalten, woran blieb sein Blick hängen, wohin kehrte er zurück, was ging über sein Gesicht. Die Traurigkeit der Kreatur, dachte Helene. Aber als Bernhard sich zu ihr umdrehte, waren seine Augen hell.

»Ich finde das nicht uninteressant.«

Dass sie des Trostes bedurfte, dachte Helene, und schalt sich, für die altmodische Wendung, oder für das Gefühl.

»So sieht man also aus, wenn man scheißt«, sagte Bernhard, er klang sehr zufrieden. »Man weiß das ja selber nicht, von sich selbst. Und wann schaut man schon jemandem dabei zu?«

»Ich brauche das auch nicht zu wissen, du vielleicht?«

Bernhard Blick glitt noch einmal über die Fotos, er schien sich über etwas zu amüsieren, das Helene verschlossen blieb. Er habe, sagte er, einmal eine Dokumentation über Affen gesehen, da sei einer gewesen, der habe beim Scheißen so menschlich ausgesehen, das habe ihn, Bernhard, auf seltsame Weise angerührt.

Helene zuckte die Schultern. »Wir müssen jetzt aber nicht so tun, als wären wir am menschlichsten beim Scheißen, oder?«

Es gebe, sagte Bernhard, noch einen Beschissenen Alltag IV, da könne man sich am Klo fotografieren lassen. In einer Kabine sei eine Kamera installiert, mit Selbstauslöser und Instantentwicklung, das Bild könne man mitnehmen, an eine Pinnwand hängen, man könne es der Künstlerin zur Verfügung stellen …

»Aber wer macht das?«, fragte Helene und schüttelte sich bei dem Gedanken, Bernhard oder eines ihrer Kinder würde sich so produzieren.

»Du würdest dich wundern«, sagte eine Stimme hinter ihr.

Jetzt also Doras Auftritt. Jetzt also, was Helene hatte vermeiden wollen, Dora noch einmal treffen. Dora mit dem Spott in den Mundwinkeln, Dora, die ihren Körper ausstellte, kein makelloser Körper, hatte Helene festgestellt, jedenfalls kein wollüstiger. Kantig und jungenhaft, das war er schon gewesen, als Helene noch Leni gewesen war, das hatte sich nicht geändert und warum musste Helene sich dem aussetzen, und dass ihr Mann diesen Körper sah und seinen eigenwilligen Reiz und mit Dora redete, die diesen Körper trug wie eine außerordentliche Kleidung, und etwas Flirrendes war zwischen ihnen.

»Mir als Biologen ist nichts Kreatürliches fremd«, sagte Bernhard jetzt, Dora lachte.

Im nächsten Raum waren Bilder von Dora, in einem Atelier, am Küchentisch, vor dem Badezimmerspiegel, auf dem Sofa, vor dem Fernseher, beim Putzen, beim Schreiben, beim Kochen, beim Malen, beim Betrachten Hunderter Fotos.

»Dekonstruktion und Transformation des Körpers«, sagte Dora, »der Körper als Teil von Vergesellschaftungsprozessen, die radikale Subjektivität des Leibes.«

Dora im Supermarkt, beim Friseur, in einem Blumenladen, beim Fleischhauer, Dora aber war nackt oder in fantastischen Kostümierungen oder ihr Körper war bemalt, exotische Tiere tummelten sich darauf, großblättrige Pflanzen, geometrische Muster, Dora mit Wundmalen, Dora blutüberströmt. Oder, wo Dora sein sollte, war sie ausgeschnitten.

»Masken, die wir für uns erfinden«, sagte Dora, »die wir abstreifen, wir werden gewesen sein.«

Helene driftete von Bernhard und Dora, von den Kunstsätzen und dem Flirrenden weg. Wände waren mit kleinen quadratischen Bildern vollgepflastert, Porträtfotos eines Kindes, *Alle*

Tage im Leben meiner Tochter, bis auf einen. Ein Platz war leer, ein heller Fleck zwischen zwei Bildern, der sprang sie an. Sie hatte nicht gewusst, dass Dora eine Tochter hatte. Im letzten Raum machte Dora Liebe, dreihundertfünfundsechzig Nächte.

Eine Tür hatte sich geöffnet, eine Tür hatte sich geschlossen, sie war alleine in einer Kabine. Auf einem Tisch stand ein Laptop, *Geben Sie eine Zahl zwischen eins und dreiundvierzigtausendachthundert ein*, sie tippte die Zahl dreizehn, Dora, lesend im Bett. Vierzehn, Dora, lesend im Bett. Dreißig, Dora, die auf der Seite lag, schlief. Zweihundertacht, zweihundertvierundvierzig, ein leeres Bett, dreitausendvierhundertachtundvierzig, Dora schlief, dreitausendvierhundertsechzig, Dora hatte sich abgedeckt, dreitausendvierhundertdreiundsechzig, Dora hatte sich die Decke übergezogen. Dreihundertzweiundachtzig, Dora neben einem Mann im Bett, sie schienen zu reden, dreihundertvierundachtzig, -fünfundachtzig, -sechsundachtzig, -siebenundachtzig, was rettet uns, niemand, nichts. Eine Tür öffnete sich, eine Tür schloss sich, beim Ausgang sah sie auf einem Monitor Bernhard, der saß an einem Tisch, auf dem ein Laptop stand, er tippte Zahlen ein, er beugte sich vor.

Was zu Beginn ihrer Ehe am schwierigsten gewesen war: Es gab keine Rückzugsmöglichkeit mehr. Ihr Körper war besetzt, sie war, wieder, ganz aus sich hinausgeworfen. Ein anderes Fremdes wohnte in ihr, das erinnerte sie, Spiegelmädchen, Geistermädchen, hinter einer dünnen Wand war ein Atmen, sie würde ihren eigenen Tod gebären. Aufhören zu existieren, endlich. Wenn sie sich so dachte, schien es ihr möglich, das Kind lieben zu können. Das Kind in das große Dunkle mitnehmen, das sie umarmen würde, und es kannte doch das Kind auch nichts anderes. Und warum sich dem aussetzen, das draußen lauerte, man war doch immer ganz zerfallen. Manchmal schien ihr, es wäre das Kind schon gestorben, als wäre das Kind schon vorausgegangen und wiese ihr den Weg, dann weinte sie, aber worüber, ihr ungelebtes Leben. Wenn Bernhard nach Hause kam, stieß das Kind, wie um sie zu verhöhnen, an ihre Bauchdecke und drehte sich um und um, Bernhard, der seinen Kopf, seine Hände auf ihren Bauch legte, sie gehörte sich nicht mehr.

In den ersten Jahren hatte er eine Ungeduld gehabt, später hatte er es aufgegeben, wissen zu wollen, was sie ihm nicht sagte. Manchmal war eine Gier in ihr, die stillte sie an ihm. Sie ließ es zu, dass er in ihrem Körper etwas suchte, er schenkte ihr Gregor, das machte sie demütig. Was wusste sie in diesen Jahren von ihm, dass er ein freundlicher Mensch war.

Und wann hatte sie das beschlossen: Sich nicht wieder irren, verirren, sich nicht wieder selbst betrügen, es war doch besser, sicherer auch, nicht zu lieben. Alles andere war tödlich, warum wusste er das nicht. Es wuchs aber, dafür war sie dankbar, eine Art Freundschaft zwischen ihnen, und sie wusste, was sie ihm schuldig war.

Dass das also ihr Mann war, dachte sie, wenn sie ihn bei der Gartenarbeit beobachtete und wie er über seinen Büchern saß, und wie seltsam es war, dass sie nicht denken konnte: Ich bin seine Frau. Es müsste doch die Liebe sie verbrennen, könnte sie das denken. Wenn er aufsah und ihren Blick traf, lächelte er, immer noch. Sie würde etwas sagen, er würde etwas sagen, sie würden eine Kette von Wörtern spannen, die würde ihnen durch den Tag helfen. Es war in ihrem Körper jetzt eine Hohlheit und eine Helligkeit wie von Blitzen in ihrem Kopf, musste sich denn alles wiederholen, um zu einem Ende zu finden.

9

Unruhepunkte in den bewusstlosen Jahren, bevor Dora ins Internat gekommen war. Das Foto in der *Paris Match*, die war im Vorraum einer anderen Gruppe gelegen, dort wurden Bleistifte, Patronen, Spitzer und Radiergummis, Hefte verkauft, liniert, kariert, mit oder ohne Korrekturrand, Vokabelhefte, Mitteilungshefte mit dunkelblauem Deckblatt, und große und kleine Umschläge in allen Farben. Leni war zwölf gewesen, oder dreizehn, sie hatte gewartet, dass sie an die Reihe kam. Sie hatte die Zeitschrift aufgeschlagen und die Fotos angesehen, mit ihrer Aufmerksamkeit war sie bei dem Gespräch, das die Mädchen vor ihr führten, schmachtend. Leni blätterte um, da war ein kleines Schwarz-Weiß-Foto, sie verstand es zuerst nicht, was sie sah, schamlose Offenheit. Ein Mann und eine Frau, die Frau hatte lange Haare, die waren wie ein Fächer auf dem schwarzen Tuch ausgebreitet, auf dem sie lag, sie lag auf dem Rücken, der Mann lag auf ihr, wie in sie hineingegraben, die Frau hatte die Beine um ihn geschlungen, der nackte Rücken des Mannes leuchtete weiß, als ob die Frau Leni ansähe, sie hatte aber die Augen geschlossen. Eine seltsame Süße fuhr in Leni, als spitzte jemand einen Pfeil und triebe ihn ihr in den Nabel, sie legte die Zeitschrift weg, wie ertappt. Als sie später in den Vorraum zurückschlich, sie wollte sich das Bild noch einmal ansehen, die Seite herausreißen vielleicht, es war ein Geheimnis, wie ein Mann und eine Frau sein konnten, weiße nackte Haut, würde die Frau die Augen öffnen. Die Zeitschrift war nicht mehr da, aber der Pfeil in Lenis Nabel, als drehte ihn jemand um und um.

Larissa, die nur ein Jahr da gewesen war, hatte erzählt, dass sie ihren Bruder geküsst hatte.

»So richtig?«, hatten die Mädchen gefragt, atemlos. »Mit Zunge?«, die Mädchen hatten vor Ekel gequietscht.

»Aber die lügt doch«, hatte Johanna gesagt, »die denkt sich das nur aus«, dass er ihre Brust berührt hatte, sagte Larissa.

Larissa hatte schon eine Brust. Leni schob sich manchmal den Oberkörper mit beiden Händen zusammen, dann sah es aus, als hätte sie Ansätze eines Busens. Manchmal schmerzte, was noch nicht da war.

»Er hat so lange gebettelt«, sagte Larissa, »da habe ich es ihm erlaubt.«

Ihre Brust geküsst, »Zunge und Lippen und alles«, sagte Larissa, und die Mädchen lagen wach und dachten es sich, wie Larissas Bruder Larissas Brust geküsst hatte, er war ganz hart geworden, wie war das zu denken. Larissas Stimme war rau gewesen und als wäre ein Seufzen darin.

Larissas Bruder kam zum Faschingsfest, er war groß und dunkelhaarig, er lächelte Leni, die rief auf der Bühne bei der Tombola die Gegenstände aus, sie hatte ihr Hemd knapp oberhalb des Nabels verknotet, da war ein Streifen nackter Haut, und Larissas Bruder lächelte ihr zu. Später sah sie ihn auf dem Gang stehen, zwischen Säulen, er beugte sich zu Alina, er küsste sie auf die Wange, Alina, die ein rotes Kleid trug.

»Tanzt du nicht?«, fragte Ursula.

»Nein«, sagte Leni und stopfte sich das Hemd in die Jeans. Am Abend erzählte Alina, wie Larissas Bruder küsste, »beim nächsten Mal«, sagte Larissa und flüsterte mit Alina und die Mädchen dachten es, atemlos, beim nächsten Mal.

In den *Bravo*-Heften las sie nach, was das hieß, bumsen, vögeln, ficken, mit heißem Kopf lernte sie, wie Vokabeln, und etwas drehte ihren Nabel um und um, was Petting war und Masturbation und Fellatio, der Koitus, kopulieren, es durfte niemand wissen, dass sie das nun wusste. Als ihr die Eltern sagten, dass sie ein Geschwisterl bekommen würde, war ihr das peinlich.

Den ersten BH musste sie von der Mutter erbetteln. »Du brauchst noch keinen«, sagte die, »doch«, sagte Leni, wie sollte sie es der Mutter sagen, dass sie nicht wollte, wie, was noch keine Brust war, sichtbar war unter der Bluse. Fester Stoff auf ihrer Haut, als wären es Hände.

»Du bist jetzt eine Frau«, sagte die Mutter, als sie das erste Mal blutete. Als wäre sie krank, und eine Müdigkeit war in ihr und ein Ziehen, sie war jetzt eine Frau, aber wie sollte das gehen. Leni war dreizehn und etwas Schwarzes war in ihr, das tropfte und klumpte sich aus ihr hinaus, der Bruder und der Vater sollten nicht wissen, dass sie blutige Binden zwischen den Beinen hatte, dass es schwarz aus ihr tropfte, sie wollte eine andere sein.

Dass eine Scheu war vor dem eigenen Bruder. Einmal sah sie ihn nackt, die Badezimmertür war einen Spalt offen gestanden, sie kannte sein Kinderglied, das war anders gewesen, wie schlafend, jetzt sah sie, sein Glied war aufgereckt, da war ein Erschrecken in ihrem Körper und eine Aufregung, die sollte da nicht sein.

Manchmal brach ein Lachen aus ihr heraus, als lachte eine andere in ihr und kreischte und machte ihren Körper zucken vor Lachen, sich winden und aufbäumen, eine Wildheit schüttelte sie, als hätte ihr Körper ein Bewusstsein, aber nicht sie.

Das Leben der Märtyrer, wie sie es in Büchern las, war ein geheimnisvolles. Schreckliches süßes Entsetzen, was dem Körper geschah, der rein blieb, aber in Lenis Körper fuhr ein Fieber, dass sie es wieder und wieder lesen musste, die fleischliche Qual, die verzückten Schauer, und wie das dumpfe Fleisch sich erlöste im heiligen Schmerz. Wenn Leni dann durch den Wald lief, suchte sie das Unterholz, die Brombeerhecken, die rissen an den Kleidern und striemten die nackten Waden und die Unterarme. Einmal brach ein Reh durch das Unterholz, sein Auge war groß.

Eine zitternde Unruhe besetzte ihr Hirn, die kam in Wellen, dass nichts anderes war als die Fieberglut in ihrem Körper, pulsierend, sie wusste, wie sie die Hitze erzeugen konnte, dass sie ein Keuchen unterdrücken musste und ein schnelles Atmen; wenn die Hitze durch sie hindurch schoss, war kein Denken mehr.

10

Der erste Morgen des letzten Jahres war kühl gewesen, rosa und violett war der Berg unter einem sanften Himmel gestanden, auf schwarzem Asphalt zogen Schnecken ihre silberne Morgenspur. Leni war neben Dora in einen Schritt gefallen, schnell, als triebe sie etwas an. Dass Johanna umsonst auf sie warten würde, das würde eben sein.

»Schnaps oder Kakao?«, hatte Dora in der Teeküche gefragt, nachdem sie Leni im Waschraum gefunden hatte. Sie hatte eine Kerze angezündet, weil das Licht so grässlich hell war, »dass ich deine Briefe gelesen habe«, hatte das Dora gesagt, »das hat mir durch den Sommer geholfen.«

Dora hatte Kakao gemacht, heiß und süß, sie hatte Leni eine Jacke umgeworfen, der Duft von Patschuli, »wollen wir es einfach probieren, Lene, was meinst du?«

Die Wiesen waren nass vom Tau, herbstliche Kühle, wie wäre, was sie Dora sagen wollte, immer, denn zu sagen, jetzt. »Magst du in der Klasse neben mir sitzen?«, fragte sie, als sie in die dämmrigen Schatten des Wäldchens eintauchten, Dora lachte.

»Was habt ihr nur immer mit eurem blöden Besetzen! Warum müsst ihr es dauernd ausmachen, neben wem ihr sitzt, wo ihr sitzt, mit wem ihr wann was macht?«

»Aber das muss man.«

»Warum?«

»Sonst sitzt man irgendwo, neben irgendwem, ein ganzes Jahr lang.«

Beim Frühstück setzte sich Dora ans obere Ende des Tisches, Johanna hatte Leni zu sich gewinkt, »wo warst du?«, fragte sie, »wieso hast du nicht auf mich gewartet?«

Knapp hinter ihrem Atem saßen Tränen. Sterben, aus der Welt gehen, aus der Zeit gehen. Kurz vor dem Läuten kam sie in die Klasse, Johanna würde besetzt haben, neben ihr ließ sich jemand auf den Sessel fallen, das war Dora. *Dass du in der Welt bist, und ich mit dir.*

»Ich geh schon einmal vor«, murmelte Leni in der Früh, »ich muss noch was erledigen.«

Während Johanna noch mit ihren Haaren kämpfte, ging Leni, bevor Johanna etwas sagen konnte, in die klare Kühle des Septembermorgens hinaus. Dora stand schon, wie ungeduldig, im Hof und sprang die Stufen hinunter, bevor Leni bei ihr war. Sollte sie, das wusste sie nie, die paar Schritte aufholen, die zwischen ihr und Dora lagen, oder nicht. Beim Reitplatz oder im Wäldchen sagte Dora vielleicht doch etwas, »ich hab geträumt«, sagte sie und erlöste Leni aus ihrem Schweigedenken, oder sie sagte, »hast du Mathe gemacht, kann ich Latein von dir abschreiben, ich brauch deinen Englischaufsatz.«

Einmal war Dora nicht da, als Leni in den Hof kam. Wie der Berg sich stahlblau vor ihr erhob und der See in einem dunkleren Blau wogte. Sie ging alleine ins Schloss und wusste nicht, ob sie hätte warten sollen, war das schon Verrat?, warum war es ihr so schwer, alleine zu sein.

»Und«, sagte Johanna beim Frühstück spitz, »was musstest du so Dringendes erledigen?«

In die Täfelung hinein verschwinden, dachte sie, in etwas Festes hinein, das sie nicht mehr auslassen würde, *es muss ruhig sein, ruhig und gut, wenn man endlich verschwunden ist, wenn ich Stein geworden sein werde, oder Holz, Gras vielleicht, das wäre im Wind, und wie lebendig.*

»Fürchtest du dich immer noch vor mir?«, fragte Dora, Tage später, Leni hatte sich in eine leere Klasse geflüchtet.

»Ich kann das nicht«, sagte Leni. »In meinem Kopf«, sie schlug sich auf den Kopf, »da drinnen rede ich mit dir, immer und immer, und wenn du da bist, bin ich blöd und stumm.«

»Es geht aber doch schon ganz gut, oder nicht?«

Etwas in Lenis Kopf krampfte sich, »nein«, sagte sie, »gar nicht.«

Dora setzte sich neben sie. Sie fuhr nach, was jemand in den Tisch geritzt hatte, einen Namen, ein Symbol.

»Ich halte es nicht aus hier«, sagte sie. »Was ist das für ein Leben. Und was erwartest du dir von mir? Du musst das selber machen, weißt du das nicht?«

»Doch«, sagte Leni, »natürlich.«

Wie kann man auch das wollen, was ich bin.

Ein heller Schreck war in die Welt gekommen, was war zu sagen, und wie. *Weil meine Seele, Dora, an deine rührt,* da waren keine Worte, die ihre eigenen sein konnten. Gelbe Birnen und wilde Rosen, ein reifer Gesang, aber, das hatten andere gesagt, an den Worten der anderen verbluten. *Ich hab den Hölder geträumt,* an den Lebensgeschichten anderer verzweifeln. Einer geht durchs Gebirg, einer lebt im Turm, und einer geht über Stufen hinunter, hinauf, hinunter, ins Schweigen, und keiner, der sie begleitet. *Wir sind Fremdlinge in der Welt, die Fremdlingin unter den Menschen, sagt der Hölder,* ein heller Schreck und eine rote Verzweiflung.

Worte, die faulten wie Pilze, und zerbröckelten, schwarz. Vom Blitz des Gottes getroffen durchs Gebirge gehen, in einer

Raserei ein Schlachtfeld queren, entsetzlichste Menschen, wie gespalten, so leben. Aber, an einem Nebelsee unaussprechliche Heiterkeit.

Dass ich ausblute, wenn ich nicht stillhalte; stillhalten ist der Tod. Die Beeren der Eberesche leuchteten rot im Nebel.

»Ich kann nicht nur mit einer Person sein«, würde Dora später sagen. Könnte man ohne Schmerz aus der Welt fallen, in einen Schlaf fallen, in einen weiten hellen Himmel stürzen ohne Schmerz, ihr war das Oberste zuunterst gekehrt. *In einem Wolkenäther schwimmen, hinauf und hinaus, und zu dir, immer.*

11

»Standortbestimmung«, sagte Rudolf Schröttner und pickte eine Erdnuss und noch eine und eine dritte aus dem Schälchen, das vor ihm stand. »Darum geht es doch bei jeder Rezension, bei jeder kritischen Besprechung, immer auch um die Standortbestimmung der Literatur. Am Einzelfall wird das Ganze beleuchtet, aus vielen Brechungen entsteht ein Bild, da hat natürlich auch der Verriss seinen notwendigen Platz.«

Helene nickte. Von ihrem Platz aus sah sie durch die gläserne Front des Lesesaals, in dem die Diskussionsrunde stattfand, auf den abendlichen Gürtel. Wie ein Schiffsbug stach das Gebäude der Hauptbücherei in die Gezeiten des Tages, der Nacht, an den Rändern, dachte sie, schäumten Worte.

Sie wandte sich Schröttner zu, der weiter Nüsse in sich hineinbeförderte. Die Schreibenden, sagte sie, sähen das, naturgemäß, nicht immer so. Sie erinnere nur an Goethes Ausruf: »Schlagt ihn tot, er ist ein Rezensent!«

Schröttner machte ein Geräusch, er schüttete eine Handvoll Erdnüsse in seine Hand. Dass das Verhältnis der Schreibenden zur Kritikerzunft tatsächlich mehr von Misstrauen geprägt sei als von Wohlwollen oder gar Liebe, knurrte er. Es hieße jedoch den Beruf des Kritikers verfehlen, wenn man geliebt werden wollte, nicht wahr.

Er hatte, dachte Helene, kräftige, sehr weiße Zähne, ob daher seine Freude am Zermalmen von Texten kam?, Worte zwischen Kauflächen, sie füllte das Schälchen nach.

Wenngleich nicht überbezahlt, wandte Verena Riedl, die in ihrem einführenden Kurzreferat auf die wirtschaftlichen

Bedingungen eingegangen war, unter denen Literaturkritik entstand, wenngleich also nicht überbezahlt, handelten sie doch nicht leichtfertig.

»Beurteilen heißt beschreiben und unterscheiden, charakterisieren und bewerten, und immer wieder vergleichen. Der Kollege mag das anders sehen, aber für mich hat Kritik üben immer auch etwas mit der Suche und der Sehnsucht nach Fairness und Gerechtigkeit zu tun.«

»Verehrte Frau Kollegin Riedl!« Schröttner schnaufte auf, hustete, Erdnussbröckchen flogen durch die Luft, jemand im Publikum kicherte. »Fairness! Gerechtigkeit! Wir sind doch nicht, verzeihen Sie, bei den Pfadfindern, in einem Gebetskreis, auf einem Jungsozialistentreffen!«

Er harumpfte, deutlicher noch als beim ersten Mal. Wenn ein Text schlecht sei – wie solle er sich einem schlechten Text gegenüber verhalten? Welche Gerechtigkeit könne er einem schlechten Text und seinem Autor angedeihen lassen? Dass sich der Autor bemüht habe? Dass er ganze Sätze schreibe, immerhin, und in erkennbarem Deutsch? Man möge – harumpf – man möge die Fairness, die Gerechtigkeit den Priestern überlassen, den Politikern, ha ha, und den Lehrern, die mögen Schulaufsätze nach diesen Grundsätzen beurteilen und – das müsse einmal gesagt werden – auch damit zum Untergang der deutschen Literatur beitragen. Als wäre Bemühen ein Kriterium! Als hätte Textkritik einen pädagogischen Auftrag!

Hustend lehnte sich Schröttner zurück, Helene schob ihm ein Glas Wasser hin und versuchte unauffällig, Bröckchen zu entfernen, die auf ihrer Bluse gelandet waren.

»Sie missverstehen mich absichtlich«, sagte Verena Riedl ungerührt.

Selbstverständlich gehe es nicht darum, schlechte Texte schönzureden oder das Publikum über einen Text zu täuschen oder gar aus persönlichen Rücksichten einem Autor, einer Autorin gegenüber das eigene Urteil entsprechend zu glätten. Sie sehe aber doch häufig eine Lust am Verriss, die, so scheine ihr, mehr der Kritikerpersönlichkeit als dem jeweiligen Text geschuldet sei, um es einmal vorsichtig auszudrücken.

Schröttner wedelte hustend mit der Hand durch die Luft. »Aber warum denn vorsichtig! Sagen Sie es nur immer frei heraus, dass Sie mich für einen Metzger halten! Es ist das Handwerk eines Fleischhauers ein sehr ehrenwertes, ich ziehe es jedenfalls dem einer Gebetstante vor! Literaturkritik soll, darf, muss treffen! Soll, darf, muss wehtun, und wenn Blut fließt, rein virtuell, versteht sich, Blut und Tinte, das gehört doch zusammen, ha ha, je mehr es wehtut, desto besser!«

Jemand applaudierte. Höflich bleiben, dachte Helene. Vielleicht war es ja diese fehlende Distanz zur eigenen Person, dieses unangekränkelte Selbstbewusstsein, das einen unbeschädigt durchs Leben gehen ließ. Aber dass eine feine und ruhige Intelligenz sich gegenüber dieser Grobschlächtigkeit behaupten musste, das ärgerte sie.

Sie lächelte Verena Riedl zu. »Gibt es denn, abgesehen vom Hackbeil, verlässliche Kriterien, so etwas wie absolute Werte, anhand derer Sie Literatur einordnen und bewerten, anhand derer eine Zuordnung des Ranges eines Werkes erfolgt? Frau Riedl?«

Verena Riedl wiegte den Kopf. Ja und nein, denke sie. Sie hätten ja schon einige Kriterien genannt. Den Umgang mit Sprache, mit Rhythmus, eine Genauigkeit im Hinsehen, ob und wie ein neuer Blick auf die Welt geworfen werde, im Großen oder im Kleinen, wie sich eine Zeit, ein Ort, ein

Mensch wiederfinde. Es sei aber auch das nicht festzuschreiben. Es bleibe selbstverständlich, und das solle auch so sein, immer ein Raum offen, der mit eigenen Erfahrungen zu tun habe. Auch mit Leseerfahrungen, und mit ganz persönlichen Erfahrungen, mit der Art, wie wir lebten, wie wir dachten, wie wir liebten, auch daraus speise sich das Urteil, wie sich ja auch jedes Werk aus den Erfahrungen eines Schreibenden speise.

Sich die Welt verworten, dachte Helene, was hieße das. Als leuchtete ein goldener Faden in schlammigem Braun, und hatte sie das nicht vor langer Zeit schon einmal gewusst.

Selbstverständlich seien, Schröttner rülpste leise, selbstverständlich seien höchste Anforderungen an Kanonbeherrschung, an Sprachkenntnisse und philologische Kompetenz zu stellen. Im fortwährenden Lesen um des Lesens willen erzeuge, er tastete nach dem Schälchen, das vor ihm stand, erzeuge die Literatur gleichsam aus sich heraus die Erfahrungswerte, die im Idealfall soziale Prägungen und ästhetische Gewohnheiten hinter sich ließen. Er wackelte mit dem Kopf.

»Zwischenergebnisse, alles, was wir erreichen, sind Zwischenergebnisse.«

Sein Blick glitt suchend über den Tisch, Helene ignorierte ihn, an ihrer Bluse klebten immer noch Krümel.

Ob man denn noch neugierig sei, fragte sie, wenn man so viel gelesen, gepriesen und auch verworfen habe?

Verena Riedl lachte. »Wenn ich das nicht wäre, müsste ich den Beruf wechseln.« Ein Buch zu lesen sei immer auch eine Expedition in ein fremdes Land und das Fremde, das sei doch so, fordere etwas in uns heraus. Wenn es da zu Begegnungen komme, zu einem Fragen und Antworten zwischen dem Ich und dem Fremden, das sei schön, immer noch.

»Arno Schmidt«, Schröttner zog das Schälchen, das vor Verena Riedl stand, zu sich, Arno Schmidt habe einmal berechnet, dass unsere Lebenszeit so grade hinreichen könnte, die wichtigsten Werke der Weltliteratur zu lesen.

»Wir verschwenden also, jawohl, wir verschwenden unsere Lebenszeit, unsere Lesezeit an Tand und Tollerei, auf der Suche nach zwei, drei Goldkörnern.«

Er betrachtete die Nüsse im Schälchen, pickte eine Erdnuss heraus, »zwei, drei Goldkörner, mehr können wir nicht erwarten«.

Verena Riedl habe von der Begegnung mit dem Fremden gesprochen, sagte Helene. Sei es nicht auch eine Funktion der Literatur, Heimat zu geben, dem Individuum einen Ort zu weisen, wo es sein könne? Die Welt sei doch ein unheimlicher Ort und seien sie nicht alle unbehaust?

Verena Riedl neigte den Kopf, aber bevor sie antworten konnte, wurde Schröttner von einem heftigen Lachen geschüttelt.

»Jetzt enttäuschen Sie mich aber, Frau Waldner! Sie suchen die Idylle? Das Glatte? Das Verlogene? Das Honigsüße? Wenn Sie Sicherheit suchen, lesen Sie Versicherungspolizzen, liebe verehrte Frau Waldner, Idylle!«

»Nicht Idylle«, sagte Helene. Sie wischte über ihre Bluse. Heimat. Das sei doch nicht dasselbe.

»Wenn die Welt unheimlich ist – warum sollte dann die Literatur eine heimliche Gegenwelt sein?« Schröttners Knopfaugen glitzerten. »Wenn wir unbehaust sind, warum sich eine Behausung erlügen? Wenn Sie es gemütlich haben wollen in der Literatur …«

»Wer spricht denn von Gemütlichkeit! Es ist doch Heimat …«

Aber was wollte sie diesem Menschen, der ihr so selbstzufrieden gegenüber saß, erklären. Sie sah auf die Uhr. Keine Heimat, nirgends. In ihrer Brust tat sich eine gleißende Weite auf. Kein Schmerz.

Sie lächelte. »Heben wir uns die Frage nach dem, was Literatur sein kann und darf oder nicht darf, für eine weitere Veranstaltungsreihe auf! Herzlichen Dank, Verena Riedl und Rudolf Schröttner!«

Sie wies auf die nächste Veranstaltung hin, junge und bereits etablierte Autorinnen und Autoren würden über ihre Erfahrungen mit Kritik Auskunft geben, sie nannte die Namen und entließ das Publikum mit dem Hinweis auf das Buffet.

»Sie sind mir doch nicht böse, verehrte Frau Waldner?«, dröhnte Schröttner, als sie mit einem Glas Wein anstießen.

»Aber nein«, sagte sie. »Sie haben mich an einem Punkt erwischt.«

Der Abteilungsleiter bahnte sich einen Weg zu ihr durch. »Interessante Diskussion. Nicht ganz einfache Gesprächspartner, oder irre ich mich?«

»Das war schon in Ordnung, Karl. Damit kann ich umgehen.« Sie zupfte an ihrer Bluse. »Die Nüsse waren keine gute Idee. Die streichen wir, ersatzlos.«

Bernhard saß am Schreibtisch, als sie nach Hause kam. Dass er doch, dachte sie, ohne sie besser dran gewesen wäre. Gefährtin, das war sie nie gewesen. Und auch das Flirrende, das sie zwischen ihm und Dora gesehen hatte, auch das hatte sie ihm verweigert. Warum war er geblieben?

»Wie ist es gelaufen? Trinkst du noch einen Schluck?«

Sie schüttelte den Kopf. »Ich bin erledigt. Duschen, Bett, mehr will ich nicht. Wo ist Gregor?«

»Bei einem Freund.«

»So spät noch?«

»Er ist achtzehn, Helene, und es ist erst zehn.«

»Halb elf.«

»Oder halb elf.«

Bernhard sah müde aus, oder traurig, ein Wunsch streifte sie, dass sie das ändern wollte.

»Er wird nicht immer da sein, Helene, das weißt du.«

»Und was meinst du jetzt damit?«

Er spielte mit seinem Stift, er schlug das Buch zu, in dem er gelesen hatte. Ein schreckliches Mitleid war in seinen Augen, sie hätte ihn ohrfeigen wollen.

»Er macht die Matura, dann wird er weggehen, früher oder später, und wir sollten ihn nicht aufhalten, glaubst du nicht?«

Als fiele sie plötzlich tief. Sie sog Luft ein, die brannte in ihren Lungen.

»Hältst du mich für eine dieser entsetzlichen Glucken, die ihre Kinder mit ihrer Liebe verfolgen und sie nicht auslassen, ganz egal, wie alt sie sind? Habe ich das bei Nina gemacht?«

»Aber wir wissen beide, dass es bei Nina etwas anderes war.«

»Wirfst du mir das jetzt vor?«, fauchte sie und ging und warf die Tür hinter sich zu. Sie würde ihren Sohn verlieren, was hielt sie dann noch?

Woher kam ihre Ungeduld, fragte sie sich, als sie im Bett lag, eine Ungeduld und eine Schärfe, die hatte sie doch früher nicht gehabt. Sie dachte an Schröttner, arrogantes Arschloch, und wie er sich versprüht hatte, als wäre das nichts. Verehrte Frau Waldner!, sie wäre ihm gerne ins Gesicht gesprungen. Als wüsste sie nicht, wie es sich unbehaust lebte, und was musste sie ihm zugeben, dass er sie getroffen hatte.

»Standortbestimmung, liebe Frau Waldner«, hatte er beim Abschied noch einmal gesagt, »sind wir nicht immer dazu aufgerufen, unseren Ort in der Welt neu zu bestimmen!«

Hatte sie aber je einen Ort in der Welt gehabt, so hatte sie ihn verloren und würde ihn nicht mehr finden, etwas anderes zu glauben, hieß, sich zu betrügen. Es lag das auch alles hinter ihr.

Es war, seit sie bei der Vernissage gewesen waren, ein Wütendes in ihr. Was hatte sie in diesem Raum gesehen, hinter verschlossenen Türen, unverstelltes Verlangen. Und schmerzende, schamlose Offenheit. Wie konnte Dora das ausstellen, was ein Geheimnis war? Und wie sollte Helene das ansehen, als gäbe es keine Grenzen zwischen den Liebenden. Bernhard hatte die Fotos betrachtet und sie hatte ihn dabei betrachtet, wie er die Fotos angesehen hatte, sie hatte seine Traurigkeit gesehen, was gab ihm das Recht dazu. Und was war sie für eine lächerliche Person, dass sie nichts wusste von der Liebe und ihrer Intimität, die sie ansprang wie ein Vorwurf, dass sie die Augen davor verschließen musste.

»Helene?«

»Was?«

»Ich wollte dir nicht wehtun.«

»Ja«, sagte sie. »Ich kann es ja doch nicht ändern.«

12

Manchmal, wenn sie sich nach Dora gesehnt hatte, die in der Stadt war, die mit Henriette und Alina unterwegs war, war sie in Doras Zimmer gegangen und hatte ihr Gesicht im Dunkeln in Doras Schals vergraben. Draußen lärmten die Mädchen, von den Waschsälen kam ein Kreischen und aus einem Zimmer knallte es »I can't get no« in die Nacht. Dora, die nicht da war, aber ihr Duft.

Sie war aus dem Krankenhaus zurückgekommen. Wie in Zeitlupe hatte sie gesehen, wie sich Abwehr in den Körpern der Mädchen formte. Die Blicke der Mädchen gingen zu Lenis Handgelenken, unter den langen Ärmeln sah der Verband hervor, die Mädchen ordneten ihre Gesichtszüge, sie legten ein Lächeln auf und zwangen sich, Leni ins Gesicht zu sehen.

»Leni«, sagten sie und scharten sich um sie, und wussten nicht weiter, da drängte sich schon Johanna durch und umarmte Leni. Die Nähe machte Leni übel, ein harter Schlag war in ihren Handgelenken.

»Wie war's in Mathe?«, fragte sie. »Ich hab's nicht geglaubt, dass ich positiv bin!«

»Du schon«, sagte Helga, die stand mit verheultem Gesicht am Rand, »ich hab einen Zusatz.«

»Das tut mir leid«, sagte Leni, als wäre es ihre Schuld plötzlich, Helga, die mit verheultem Gesicht in einer Verzweiflung war.

»Ich hätte es machen sollen wie du«, sagte Helga. »Wenn ich geblutet hätte wie eine Sau, glaubst du, die Hartmann hätte mir einen Fünfer gegeben? Wie eine Sau bluten, das hilft, wie hast du's gemacht, dass du nicht abgekratzt bist, sag, wie hast du das gemacht?«

»Hast du einen Augenblick«, sagte jemand hinter Leni, das war die Hartmann, die legte ihr im Hinausgehen den Arm auf die Schulter, kurz, dass sich Leni gerne hineingelehnt hätte, das ging aber nicht.

Die Hartmann scheuchte ein paar Mädchen aus einer Klasse in den Hof, die neugierigen Blicke, das Flüstern hinter Lenis Rücken, die Hartmann machte die Tür des Sprechzimmers hinter sich zu. Acht Jahre die Hartmann in Tweed und Bluse und Halstuch, das trug sie auch jetzt, braunen Tweed, eine gelbe Bluse, ein grün kariertes Halstuch, acht Jahre Formeln und Gleichungen, Funktionen, Tangenten und Koordinaten. Leni hatte es gewusst, immer, wann die Hartmann sie an die Tafel rufen würde, der ernste Blick, als gäbe es ein Einverständnis zwischen ihnen. Sie hatte Leni aufgerufen und Leni war aufgestanden, eine Leere war über sie gekommen. Der Gang zur Tafel, das grüne oder schwarze Bord, die Kreide, die sie zwischen den Fingern drehte und fallen ließ, sich bücken, um mehr Zeit zu haben, das grüne oder schwarze Bord, die Stimme von der Hartmann im Rücken und das Flüstern der Mädchen, wie die Hartmann seufzte, wenn sie Leni wieder zurückschickte, eine Notiz in einem kleinen grauen Kalender, wieder ein Minus.

»Setz dich doch«, sagte die Hartmann.

Das Fenster war offen, wie eingerahmt glitzerte dahinter silbern der See, der Berg stand blau, Leni kannte alle seine Falten, zu allen Tageszeiten, bei jedem Wetter, und wie sich die Linie der Bergketten in den Himmel einschrieb.

»Ich habe nicht gewusst, dass es so schlimm ist«, sagte die Hartmann.

Der schwere Duft der Rosen, die sich an der Schlossmauer

an einem Spalier hochrankten, schwallte ins Zimmer. In der ersten Klasse hatten sie unten am Spalier Dornröschen gespielt, und Rapunzel, wenn das Fenster offen gestanden war wie jetzt, hatte Leni gesehen, wie Rapunzel ihr Haar herunterließ und wie Dornröschen mit der Spindel stand, mit der sie sich gleich stechen würde, in einen Schlaf sinken, einen hundertjährigen Schlaf.

»Ich weiß schon, dass wir durch die Mathematik in den acht Jahren eine schwierige Zeit miteinander hatten«, sagte die Hartmann. »Ich bin nicht die erste Person deines Vertrauens gewesen, ich hätte es aber sehen müssen.«

Sie rückte einen Stoß Papier zurecht. »Was ist es denn«, sie beugte sich vor, »was ist es denn, das uns am Leben hält, und was ist es, das uns wünschen lässt, wir könnten es beenden, kannst du mir das sagen, Leni?«

Die Hartmann hatte goldbraune Augen, die zwinkerten kurzsichtig, und Aknenarben, wie Pockennarben, ob die Hartmann einen Freund hatte, hatten sich die Mädchen gefragt, acht Jahre lang, es hatte sich keine getraut, sie das zu fragen. Goldbraune Augen, vielleicht wäre sie jemand gewesen, dem man hätte vertrauen können.

»Ich habe es nicht mehr ausgehalten«, flüsterte Leni.

»Was ausgehalten?«

Draußen spielten die Mädchen Abschießen, eines der Mädchen schrie auf, andere johlten. Eine Uhr tickte an der Wand, Leni sah auf ihre Hände, die wuchsen, seltsame Pflanzen, aus einem weißen Verband.

Über dem Berg stand eine Wolke, weiß, duftig, ein langer Schlaf, dachte Leni, ein hundertjähriger Schlaf. Wenn sie das alles schon hinter sich hätte, wenn, was vergangen war, schon älter wäre, Rosenblätter und roter Wein, ein Sichelmond.

Die Pausenglocke schrillte. »Ich hab jetzt Deutsch«, sagte Leni. Auf dem Weg in die Klasse fiel ihr ein, Dora würde hier sein.

Doras Gesicht von der Seite, und wie sie an ihren Haaren riss, wenn sie nachdachte.

»Bullshit! Fucking bullshit!« Dora konnte so wütend sein.

Sie möge sich, sagte der Englischlehrer, im Ausdruck doch bitte mäßigen.

Aber, sagte Dora, sie habe doch recht. Und wer behaupte, es gebe so etwas wie uneigennützige Liebe, oder Freundschaft, der lüge. Das sei doch alles egoistische Scheiße, purer egoistischer Scheißegoismus. Eine interessante Theorie, sagte der Englischlehrer. Wie denn die anderen darüber dächten? Schriftliche Auseinandersetzung, sagte er am Ende der Stunde. Fünfhundert Wörter, und keine fäkalen Ausdrücke, ob das klar sei?

»Und du hattest gar nichts zu sagen, Lene, Helene«, hatte Dora nach der Stunde gesagt, »kein Interesse an Liebe, Freundschaft?«

Leni war herumgefahren, wütend. »Du hast wirklich nur Scheiße im Kopf!«

Bis zur Studierzeit war Leni im Park herumgelaufen. Es war kalt geworden, der Berg hüllte sich in einen Nebel, aus roten Blättern glänzten schwarze Beeren. In der Studierzeit warf ihr Dora einen zusammengefalteten Zettel auf den Tisch, *du musst nicht alles so ernst nehmen, was ich sage,* Leni zerknüllte den Zettel. *Obwohl du weißt, dass ich recht habe,* stand im nächsten Briefchen. *Wenn du ehrlich bist,* schrieb Dora im dritten Brief, *und das bist du doch immer, Lene, ehrlich zu dir, oder nicht?, dann musst du zugeben, dass es uns immer nur um uns selbst geht, wenn wir behaupten, wir liebten einen anderen, beweis mir das Gegenteil.*

Scheiße im Kopf, schrieb Leni in großen Buchstaben über Doras Sätze, *du hast Scheiße im Kopf,* und warf ihn ihr zurück, Doras spöttisches Lächeln.

Am Wochenende fuhr Dora nach Wien, oder sie war in der Stadt, »ich muss lernen«, sagte Leni, wenn eine der Freundinnen mit ihr spazieren gehen wollte. Sie saß in einer Klasse, sie sah in den Nebel hinaus, Scheiße Scheiße Scheiße im Kopf.

Seite um Seite füllte sie mit Sätzen, *aber du weißt, wie es mit mir ist, hätte ich denn nicht schreiben sollen? Und warum hast du geantwortet? Ist denn nicht etwas Neues geworden, zwischen dir und mir, das vorher nicht war, und wäre das nicht das Wesen von Freundschaft, oder Liebe, dass etwas Neues ist, und dass uns ein anderer neu vor Augen tritt und uns verwandelt. Die Aufhebung des alten Ich, das machst du mit mir, weißt du das nicht?, und ist denn das falsch? Dass ich für dich eine andere sein will, möchtest du das nicht, einen anderen erreichen, ankommen bei jemandem, wäre das nicht Freundschaft, oder Liebe, weißt du, dass ich nicht sagen kann, was das eine ist und was das andere. Was ist es, wenn denn etwas ist zwischen uns, das eine oder das andere, oder ein ganz Neues? Und würdest du es wollen, dass das ist zwischen uns?*

Seite um Seite, bis sie erschöpft war und leer geweint, sie zerriss, was sie geschrieben hatte.

»I don't know nothing about love or friendship«, sagte sie am Dienstag, als sie ihren Aufsatz vorlesen sollte und keinen hatte, »anything«, sagte der Lehrer, »I don't know anything.«

Der Nebel, der sich dick um das Schloss gelegt hatte, dass man den See nicht mehr sah und nicht den Berg, der Nebel kroch in Lenis Hirn, don't know anything, dass es schön sein müsste, nichts zu spüren als eine weiche, wattige Müdigkeit, und wie, wenn sie unter der Erde läge, die Wurzeln der Bäume aus ihr tränken.

»Du musst doch wissen«, sagte Dora, die auf dem Weg in die Fliegerschule plötzlich neben ihr auftauchte, »dass ich nicht dich gemeint habe. Du weißt, wieso ich das gesagt habe. Ich wollte nicht dich kränken, das musst du doch wissen.«

Lenis Stimme hatte der Nebel geschluckt, dass sie nur nicken konnte, als Dora sagte, »magst du später zu mir kommen, wir trinken einen Kakao und reden ein wenig«.

Die Scheu, die über Leni kam, wenn sie mit Dora war, immer wieder. Dass sie Dora die Mendel'schen Gesetze erklären konnte, Dora kräuselte die Nase, blaue Augen, braune Augen, welche Augenfarbe haben deine Eltern, deine Geschwister, das machte, dass es wie gut war zwischen ihnen.

»Um zwölf Uhr bist du in der Direktion, danach bei der Erziehungsleiterin«, hatte die Wildner gesagt. »Willst du, dass ich mitkomme?«

Leni hatte den Kopf geschüttelt.

»Es wird vielleicht nicht sehr angenehm werden. Schaffst du das alleine?«

Die Wildner hatte die Balkontür geöffnet. »Sieh dir das an! Wie schön das ist, ich liebe den Sommer, du nicht?«

Sie hatte Tränen in den Augen gehabt und Leni hatte sich beeilt zu sagen: »Doch, ich auch.«

Um zwölf stand sie vor dem Aquarium, das auf dem Gang vor der Direktion war. In einem dämmerigen Grün schwebten schwarze Schleierfische auf und ab und wölbten die kleinen Mäuler, und orangerote Fischlein flitzten zwischen Gewächsen. Eine Wasserschnecke kroch die Wand des Aquariums hoch.

»Helene«, sagte der Direktor, als sie nach dem Klopfen die Tür öffnete, »Helene Höfler.«

Der Direktor sah aus wie ein Adler, wie er jetzt aufstand und über ihr aufragte. »Du hast uns eine schöne Angst eingejagt«, sagte er. »Das darf nicht wieder vorkommen«, er wies auf den Stuhl, der vor dem Kamin stand.

Vor dem Fenster der See, der Berg, Dora war nicht in den Vorbereitungsstunden gewesen und es wusste auch niemand etwas von ihr.

»Es muss ja niemand kommen«, hatte der Hummel gesagt. »Aber es empfiehlt sich.«

Er hatte einen Moment gezögert, dann hatten sie über Gregorius auf dem Stein geredet, über Parzival, und über die Liebe, die sanfte Töterin, aber wieso sanft.

Vor einem Jahr war sie mit Dora am See gewesen, der Himmel war blau gewesen, auch damals hatten Schwäne unter Weiden ihre Hälse gebeugt, das Schilf, der See, das Grün in Doras Augen.

»Du bist eine gute Schülerin«, sagte der Direktor, »es wäre schade, wenn du dir jetzt deine Zukunft verbaust.«

Wäre sie mit den Freundinnen in die Stadt gegangen, sie hätten ein Eis gegessen, sie wären Tretboot gefahren, nichts hätte ihr Herz beunruhigt, wäre das denn besser gewesen.

»Du bist jetzt noch vier Wochen an dieser Schule und in unserer Obhut«, sagte der Direktor. »Nutze diese Chance und zeig, was du kannst. Euch Mädchen zu aufrechten, geraden Menschen erziehen«, sagte er. »Ihr tragt doch den Geist der Schule.«

»Ihr seid alle so scheißfeig«, das hatte Dora gesagt, und vielleicht hatte sie recht gehabt.

Die Adlernase des Direktors fuhr auf sie nieder. »Dem unheilvollen Einfluss aus dem Weg gehen, verstehen wir uns, Helene, sonst können wir dich hier nicht länger beherbergen, sonst können wir nicht länger die Verantwortung übernehmen, denk daran, was deine Eltern für dich alles aufgebracht haben.«

Mir ist dein Name so lieb, hatte sie Dora geschrieben, so hatte es angefangen, *weißt du es denn, wie lieb du mir bist.*

»Es wird keinen weiteren Kontakt zwischen dir und diesem Mädchen geben, das ist eine conditio sine qua non«, Leni hätte lachen mögen.

»Diese kranke Beziehung hat dir nichts Gutes gebracht. Es wäre«, sagte der Direktor und ragte über Leni auf, »es wäre doch nicht passiert, was passiert ist, wenn du dich von diesem üblen Einfluss ferngehalten hättest.«

»Dora hat mir geholfen, ohne Dora …«

»Das ist jetzt nicht mehr von Interesse, wir haben in dieser Sache entschieden.«

Scheißfeig, hatte Dora gesagt, so scheißfeig seid ihr alle.

13

An manchen Tagen, Leni war ein Kind gewesen, war die Welt in einer Nässe versunken, tagelang. In langen Schnüren fiel ein sanfter Regen und rauschte auf die Wälder, die oberhalb des Hofes standen, rauschte auf die Obstbäume, auf den Bach herunter, auf die Ställe, die Scheune. Im Sommer standen die Kühe im sanften Rauschen auf der Weide, im Spätherbst hockte Leni bei den Kühen im Stall und sah durch das offene Tor hinaus auf den endlos niederrauschenden Regen, die Kühe mahlten süßes Heu, ihre breiten Flanken zuckten. Oder der Wind peitschte den Regen kalt über den Hof und die Wiesen, er schlug schwere Tropfen an das Fenster, hinter dem Leni saß und in den Regen hinaussah. Dann schoss das Wasser aus der Traufe in die Regentonne und wo die Wasserrinne verstopft war, rann das Wasser über und klatschte auf das Pflaster vor dem Haus, dort war der Stein ganz hell. Auf dem Dachboden war das Trommeln des Regens so stark, dass Leni ihre Gedanken nicht mehr hörte und abends im Bett war immer noch ein Rauschen und ein Trommeln. Die Welt, der Hof, Lenis Zimmer, Lenis Bett trieben auf einem Wasser einem andern Wasser zu in eine dunkle helle Weite, und wenn Leni aufwachte, rauschte noch immer der Regen herunter.

Sie saß in der Stube auf der Fensterbank, die Großmutter hatte ihr ein Marmeladebrot gestrichen, Leni fuhr mit dem Finger über das kühle Fensterglas. Sie zog die Spur der Regentropfen nach, die der Wind an das Fenster warf, der Bruder stapfte mit der Schultasche auf dem Rücken über den Hof.

Wo der Weg ins Dorf hinunterführte, stiegen graue Schleier auf, auf dem Hof standen Latschen, wie Teiche, dachte Leni, der Bruder verschwand im Dunst.

Die Großmutter rumorte in der Küche, Leni schlüpfte aus der Stube. Sie zog ihre Schuhe an und eine Jacke und machte leise die Tür auf, sie stand im Regen. Sie bog den Kopf zurück, der Regen klatschte auf ihr Gesicht, mit der Zungenspitze fing sie die Tropfen auf. Sie sprang in die Pfützen, die Mutter hatte es verboten, aber musste man nicht auch den Pfützen gehorchen? Das Wasser spritzte hoch und wieder hoch, Leni klatschte in die Hände, dann lief sie, die Haare hingen ihr in Strähnen ins Gesicht, durch alle Pfützen über den Hof und in die Wiese hinüber, von den Obstbäumen schauerte ihr kalt ein Tropfenschwall in den Nacken.

Weil ein scharfer Wind wehte, lief Leni hinauf in den Wald, dort dämmerte es und von den Farnen tropfte es schwer, aber tief im Wald drinnen war nur ein Rieseln von etwas auf Nadeln, eine Erinnerung an den großen Regen draußen. Wenn Leni den Kopf in den Nacken legte, schossen die Baumstämme in eine große Höhe und oben das Stück Himmel drehte sich hierhin und dahin, ein Tropfen fiel von ganz oben auf Lenis Stirn, kühl, die Großmutter würde sie schon suchen. Ein Eichkätzchen huschte einen Stamm hoch. Leni stand am Waldrand, Gräser kitzelten ihre Fingerspitzen. Während die Nässe durch die Schuhe, die Strumpfhose, die Jacke, den Pullover bis auf ihre Haut sickerte, schwemmte der Regen die Welt weg.

»Lausmensch«, sagte die Großmutter und zog Leni ins Haus zurück. »Einfach weglaufen, in den Regen laufen, in die Latschen springen, was denkst du dir denn? Klatschnass«, schimpfte die Großmutter, »und dreckig«, sie zog Leni das

Gewand aus, »eiskalte Zehen«, schimpfte sie und setzte Leni in der Stube in ein Schaff mit heißem Wasser und hängte die Jacke, den Pullover, die nasse Strumpfhose, die Unterwäsche zum Kachelofen, »wenn das die Mutter erfährt«, und zog Leni frische Unterwäsche an, eine frische Strumpfhose und ein frisches Kleid. Leni tapste an die faltigen Wangen der Großmutter, »du Lausmensch!«

Dann saß Leni wieder auf der Bank in der Stube, wo der Regen immer noch ans Fenster peitschte, der Bruder kam über den Hof gestapft, er schlug vor der Haustür den Dreck von den Schuhen, jetzt zog er die Haustür auf, jetzt hängte er seine Jacke auf, jetzt würde er gleich in die Stube kommen und sich an den Kachelofen setzen.

»Trink«, sagte die Großmutter, und stellte Leni ein Häferl Kakao hin, »trink«, der Kakao roch warm und süß.

Von rechts nach links, von links nach rechts wischten die Scheibenwischer, bei Salzburg bogen sie auf die A10 ab, »noch eineinhalb Stunden«, sagte Bernhard, »wir sind gut unterwegs«.

Sie hätten in Wien bleiben sollen, dachte Helene. Was sollten sie bei dem Regen auch tun, in der Stube sitzen, vier Tage lang, viel zu viele Menschen, Belagerungszustand. Die Sehnsucht, die sie, wenn sie in Wien war, nach den Bergen hatte; wenn sie aber dann in den Bergen war, wünschte sie jedes Mal, sie wäre in Wien geblieben, dort suchte sie wenigstens nichts. Aber Nina und Gregor waren eisern gewesen, als sie angedeutet hatte, sie könnten Ostern in Wien verbringen. Und wie seltsam das war: Ihre komplizierte Tochter, die zu Hause keinen Finger rührte, sich aber bei der Großmutter erbot, in der Küche zu helfen, die die Großfamilie mit indischen Gerichten bekochte, die Zutaten besorgte sie in ausgeklügelten Expeditionen vorher in Wien – nie wäre ihr das zu Hause eingefallen!, und ihre Mutter, die die Stirn runzelte, wenn Helene etwas anders machte, als die Mutter es gewohnt war, die aber Nina schalten und walten ließ und alles lobte, was von der Enkelin kam – Nina also und die Mutter würden sich gegen sie verbünden, Gregor würde mit dem Großvater und mit Hans über die EU diskutieren, ein Endlosthema und Gregors Spezialgebiet, EU-Agrarförderung in Österreich. Und Bernhard, Bernhard würde zeigen wollen, dass alles gut war, dass sich niemand Sorgen zu machen brauchte, niemand über nichts und vor allem nicht über sie. Immer noch die Vorsicht, oder bildete sie sich das ein, mit der sie angeschaut wurde.

»Jedenfalls«, sagte Bernhard, »jedenfalls wird es am guten Essen nicht fehlen!«

»Mastvieh!«, sagte Helene. »Das sind wir für sie! Heute, weil Karfreitag ist, halten sie sich vielleicht noch zurück, aber ab morgen Früh sind wir Mastvieh.«

Als sie in die Zufahrt zum Hof einbogen, war der Regen stärker geworden, Barbara kam ihnen mit Regenschirmen entgegen. Auf der Schwelle des Wohnhauses hüpfte Julia auf und ab, »Nina!«, schrie sie, »Gregor!« Nina lief durch den Regen auf ihre Cousine zu, sie verschwand mit ihr im Haus.

»Ich hätte gute Lust«, sagte Helene, »ihren Koffer im Auto zu lassen.«

»Ich nehme ihn schon«, sagte Gregor, Bernhard warf ihr einen Blick zu.

»Was? Ist doch wahr.«

»Ich nehm ihn schon«, wiederholte Gregor.

Drinnen nahm Barbara sie in die Arme, die waren weich und sie roch nach Brotteig. »Ihr seid sicher hungrig. Mittags gibt es zwar nur eine Suppe, ihr wisst schon, gebotener strenger Fasttag, aber zum Kaffee, ausnahmsweise, sagt deine Mutter, weil ihr kommt, einen Strudel.«

»Mastvieh!« Helene seufzte.

Die Mutter hatte sich die Hände an der Schürze abgewischt, Bernhard hatte sie auf die Wange geküsst, das machten Helene und die Geschwister nur beim Geburtstagwünschen. Die Mutter hatte ihm auf die Wange getappt, dann scheuchte sie alle zum Tisch. Auch Gregor hatte die Großeltern geküsst, ernsthaft, er hatte sich auf die Fensterbank zwischen Hans und den Großvater gesetzt und gesagt, was er immer sagte: »Wenn die Julia den Hof nicht will, ich nehme ihn.«

Die Männer hatten gelacht, Barbara hatte die Erdäpfelsuppe auf den Tisch gestellt, sie hatten die Köpfe gebeugt und das Tischgebet gesprochen.

»Früher«, sagte Hans jetzt, »wie ich ein Kind war, da haben wir ja noch nicht einmal Fernsehen gehabt, oder Telefon, wir haben von Hand gemolken, wir haben noch selbst geschlachtet und geräuchert, es hat sich keiner eingemischt, das war doch so, Vater? Und schau uns jetzt an: Es gibt tausend Vorschriften, und wehe, du hältst sie nicht ein. Wir brauchen einen Computer, um den Betrieb zu führen – wenn du heute Bauer sein willst, musst du schon fast ein juristisches und technisches Genie sein.«

»Das wäre ich«, sagte Gregor und Julia funkelte ihn über den Tisch an.

»Den Hof krieg ich!«

Nina beugte sich zu ihr. »Er macht nur Spaß.«

»Weiß ich ja. Aber trotzdem.«

»Wir müssen ein Interview machen, Julia, wie die bäuerliche Jugend ihre Zukunft sieht.«

Julia legte die Stirn in Falten. Dass sie Schafe dazunehmen wolle, und Ziegen, sagte sie. Und auf der Alm wolle sie den Käse machen und vielleicht auch wieder räuchern, wie früher, aber vorher müsse sie auf die Landwirtschaftsschule gehen, das verlange der Vater, und vielleicht würde sie studieren.

»Eine studierte Bäuerin«, sagte Hans, »wer hätte das gedacht.«

»Wie alt bist du jetzt?«, fragte Nina.

»Zehn.«

»Vielleicht willst du ja in ein paar Jahren ganz was anderes machen?«

Julia schüttelte den Kopf. »Ich hab mir das genau überlegt und genau so will ich das machen.«

»Falls aber doch nicht«, Gregor grinste, »gibst du mir Bescheid.«

Nach dem Kaffee und dem Strudel, der Regen fiel immer noch in Schnüren, liefen sie zu den Ställen hinüber, um die Kälber zu besichtigen. Es war dämmrig im Stall, und Helene wusste wieder, wie schlimm das Heimweh gewesen war.

Der Körper, in dem sie gewesen war, hatte geschmerzt, immer. Ein schrecklicher Körperschmerz hatte sie überschwemmt, im ersten Jahr an jedem Tag. Es war nicht möglich gewesen, die Verzweiflung ihres Körpers zu besänftigen.

Nach vier Wochen durfte sie das erste Mal nach Hause fahren, das hatte sie geängstigt. Sie war lange im Stall gestanden, sie hatte die Augen zugekniffen und wieder aufgerissen, es war alles wie immer gewesen. Das Fleckenmuster auf dem Fell der Kühe, die blauen Adern, die die schweren Euter durchzogen, die Fliegen und wie die Haut der Kühe zuckte, die Schwalbennester unter dem Dach und die Mistgabeln, die an der

Wand lehnten. Der Bruder hatte das Heu in die Futterrinnen geworfen, durch die offene Stalltür hatte sie ein Stück Himmel gesehen, ein Stück Wald, ein Stück gepflasterten Hof. Die Kiefer der Kühe mahlten, ihr dunkles Schnaufen, wenn sie gemolken wurden, klirrende Melkeimer. Die Sau rüffelte in ihrem Koben und die Ferkel drückten neugierige Rüsselchen in ihre Hand. Zwischen Stall und draußen war ein Luftzug gewesen, auf dem Hof wechselten Licht und Schatten. Sie hatte die Kätzchen in die Stube getragen, das wollte die Mutter nicht, »lass sie doch«, hatte der Vater gesagt. Im Hauseingang hatte es nach Stein und Erde gerochen, nach Gummi und feuchtem Fleckerlteppich. Am Abend hatten sie »Mensch ärgere dich nicht« gespielt und die Großmutter hatte ihre Schnapskarten aus der Tischlade geholt. In der Nacht war kein fremder Atem in Lenis Zimmer gewesen, als sie in der Früh aufgewacht war, war ihr Kopfpolster nass gewesen.

Am Sonntagnachmittag hatte der Vater sie zum Zug gebracht, schon davor war Leni entglitten, was sie sich einprägen wollte, das weiche Fell der Kätzchen, das gute Schnauben der Kühe.

Sie gingen früh zu Bett. »Am Karfreitag«, hatte die Mutter gesagt, »gibt es kein Fernsehen und kein Kartenspielen. Und auch keinen Wein. Der Kaffee und der Strudel waren schon Ausnahme genug.«

Julia durfte mit den Großen aufbleiben, aber Bernhard, der seit dem Abendessen gegähnt hatte, zog sich dankbar zurück. Helene besprach mit Barbara und der Mutter die Dinge, die am nächsten Tag zu erledigen waren, dann saß sie noch eine Weile neben dem Vater auf der Ofenbank. Draußen rauschte der Regen herunter. Schließlich war sie auch hinaufgegangen.

Sie waren in ihrem alten Kinderzimmer unter dem Dach untergebracht.

»Bist du zufrieden?«, fragte Bernhard, als sie unter die Decke schlüpfte.

»Aber ja.«

»Es ist doch alles gut gegangen, nicht?«

Sie legte die Arme um ihn. Sie atmete in seinen Nacken. Sie spürte ihn unter ihren Händen, als wäre er ihr vertraut. Er drehte sich zu ihr.

»Am Karfreitag, hätte ich gedacht, gibt es das auch nicht.«

Später lag sie neben ihm und lauschte seinem Atem und wie der Regen fiel, unablässig.

14

»Schamloses Treiben«, hatte die Erziehungsleiterin gesagt. »Ungesunde Schwüle, Unrat. Hast du denn keinen Anstand im Leib, Helene Höfler, bist du dir nicht selbst abstoßend? Kranke Perversion. Und dann die Inszenierung noch der Zügellosigkeit, widerlich, dass du dich nicht schämst, Helene.«

Die Maleta hatte das Tagebuch gelesen und die Briefe, alles, was Leni an Dora geschrieben hatte, oder über sie. »Bist du dir nicht besudelt?, hast du keine Scham?, keine Würde?, verludert bist du, pfui.«

Die Eltern hatten sie nicht gefragt, nie, und auch Hans nicht, warum sie sich die Arme zerschnitten, die Adern aufgerissen hatte. Nicht, als die Mutter sie im Krankenhaus besucht hatte, und auch später nicht, als sie im Sommer nach Hause gefahren war, da hatte sie den Verband nicht mehr tragen müssen, es waren aber die Schnitte so sichtbar gewesen. Als wüssten sie, warum es geschehen war, wie wäre aber darüber zu reden gewesen, schamloses Treiben.

Die Mutter war im Schloss gewesen, Erziehungsgespräch, sie war ins Krankenhaus gekommen, ihr Gesicht war gerötet gewesen.

»Versündigst dich«, hatte sie gesagt. »Und weißt du denn nicht, was recht ist? Die Schande auch. Was hätte ich den Kleinen erzählen sollen, eine Selbstmörderin als Schwester, hast du daran gedacht? Glaubst du, das war leicht für uns, acht Jahre lang das Internat zahlen? Du hättest arbeiten gehen sollen, da kommst du nicht auf dumme Gedanken. Dass du was lernen sollst, das wollte der Vater, das war ein Opfer für ihn, für uns alle, und so dankst du es ihm, am liebsten würde ich dich mitnehmen, auf der Stelle. Wenn du es wegwirfst, was deinen Vater und mich so viel gekostet hat, dann brauchst du es auch nicht. Aber der Vater will, dass du die Matura machst, dass du studierst, also bleibst du. Verdient hast du's nicht.«

Die Mutter war gegangen, Leni hatte auf den Parkplatz hinausgesehen, die glasige Hitze. Dass sie nicht an die Eltern gedacht hatte, an den Bruder, an die Kleinen, und sie hatte die Kleinen doch lieb.

»Tante Helene?«

In der Tür zur Küche stand Matthias, der jüngste der drei Brüder, die Franz in der Früh gebracht hatte. In seinen Wimpern hingen Tränen.

»Ich mag nicht mehr mit den Großen spielen.«

»Oje. Was magst du denn dann tun?«

»Weiß nicht.«

Helene putzte ihm die Nase und wischte ihm das verschmierte Gesicht ab.

»Dass ich feig bin, sagt der Florian.«

Wie sich Gregor einmal das Knie aufgeschlagen hatte, fiel ihr ein. Erde und Steine im blutigen Fleisch, es musste schrecklich weh getan haben und er war nicht viel älter gewesen als Matthias. Er hatte die Zähne zusammengebissen, dass ihm kein Laut über die Lippen kam, während sie die Wunde säuberte, Erde und Steine im blutigen Fleisch. Am Abend hatte sie es Bernhard erzählt, dass schon ein Kleiner so tapfer sein musste, das war ihr unerträglich gewesen.

Sie nahm Matthias auf den Schoß.

»Aber das stimmt doch nicht! Du kraxelst auf die Bäume, dass ich dir nicht mehr nachkomme, und du traust dich in den Bach, auch wenn das Wasser eiskalt ist, weißt du noch? Der Gregor, und der ist viel älter als du, der geht dir da nicht hinein! Aber das macht auch nichts, wir mögen ihn trotzdem gern, den Gregor, oder nicht?«

Matthias schniefte.

»Sollen wir zu den Kälbchen schauen?«

Er nickte.

»Ich schneide noch das Gemüse fertig und stell die Suppe zu, sonst schimpft die Oma, wenn sie vom Einkaufen kommt und es ist nicht alles gerichtet. Magst du ein Butterbrot? Setz dich her, ich bring dir ein paar Legosteine.«

Als Barbara, Nina und die Mutter zurückkamen, half Matthias beim Ausräumen der Einkäufe. »So ein Großer bist du schon!«, sagte Helene und Matthias nickte. »Braucht ihr mich? Sonst gehe ich mit dem Buben in den Stall.«

»Geht nur«, sagte die Mutter. »Vier in der Küche sind sowieso zu viel.«

Matthias hob die Arme. »Tragen!«

Sie hob ihn auf. Er schlang die Arme um ihren Hals und schnaufte zufrieden. Im Stall streckte er den Kälbern seine Hand vors Maul und schrie entzückt, als sie ihn mit ihren rosa Zungen abschleckten.

»Schau, wie ich mich das trau!«

»So ein Großer«, sagte Helene. »So ein Mutiger.«

Nach dem Mittagessen, und weil es aufgehört hatte zu regnen, gingen der Vater und Gregor in den Hof.

»Holz kleiben«, sagte der Vater. »Das muss sein, wenn du einmal einen Hof übernehmen willst. Nicht unsern«, nickte er Julia zu. »Aber vielleicht gefällt ihm ja einmal eine von einem Hof, dem Städter. Und dann musst du Holz kleiben können, also.«

Bernhard und die Buben gingen in den Wald. »Ich komme gleich nach«, sagte Helene. »Geht nur, ich finde euch schon.«

Sie stand im Gang, draußen spaltete Gregor Holz, aus der Stube kamen die gedämpften Stimmen von Barbara und der Mutter. Sie schlüpfte in ihre Wanderschuhe, sie zog sich eine Jacke über, statt in den Wald bog sie in den Fußweg zur Alm ein.

Auf den steilen Abhängen musste immer noch mit der Sense geschnitten werden. Wie das Gras fiel unter dem Schritt des Vaters, des Bruders. Die Großmutter hatte oft erzählt, wie es früher gewesen war, das Rauschen der Sicheln in aller Herrgottsfrüh, das Dengeln und Wetzen der Sensen, »wie Musik«, hatte die Großmutter gesagt, »von allen Hängen hast du es gehört. Der Tati und die Brüder, in einer Reihe, und die Knechte, da hatten wir noch Knechte. Da heroben hat es keine Maschinen gegeben, erst nach dem Krieg ist es anders geworden.«

Wie das Gras gefallen war unter dem Schnitt der Sense, unter dem Schritt des Großvaters, der Großonkel, des Urgroßvaters und davor.

»Der Anton ist verunglückt«, hatte die Großmutter gesagt, »der Sepp und der Franz sind gefallen«, sie hatte sich die Augen gewischt, immer noch, wenn sie von den Brüdern sprach. »Die Mali hat weggeheiratet, ich bin geblieben. Wenn der Anton nicht verunglückt wäre, ich hätte auch weggehen müssen. In Dienst gehen, wegheiraten, aber nicht den Großvater, der war arm, für den Großvater war es ein Glück, dass der Anton verunglückt ist. Und für mich. Dass so etwas ein Glück sein kann.«

Das Gras war gefallen, der erste Schnitt, der zweite Schnitt, Heumahd und Grummet, manchmal hatte sich Leni in den Heumandln verkrochen, dort war so eine gute Stille. Die Heufuhren auf dem Wagen schwankten, wenn der Vater das Heu einbrachte, der süße süße Duft, und wie die Blüten blass wurden, sie hatte keine Angst gehabt, nie.

Im Sommer nach der Matura war Leni, wenn sie sich anders nicht ertrug, in die Höhe, auf die Alm geflüchtet. Der Bruder war ihr aus dem Weg gegangen, das war ihr recht, sie konnte niemanden anschauen und wollte auch nicht wissen, was die Eltern dachten, oder Hans. Sie packte an, wo es not war, es gab Momente, da fiel sie in die Stille, die oben war. Das abtöten, dachte sie, wenn sie die Kälber sah, das übermütige Fleisch. Sie war sehr wund. Manchmal horchte sie, als müssten sich Schritte nähern und als müsste, jetzt und jetzt, jemand bei der Wegbiegung auftauchen.

Weil es schon dämmerte, ging sie auf der Forststraße zurück. Auf halbem Weg kam ihr Bernhard im Auto entgegen. Er beugte sich über den Beifahrersitz, er öffnete die Tür, sie stieg ein. Er machte eine Kehrtwende und fuhr, viel zu schnell, Richtung Hof zurück. Dann bremste er abrupt und blieb stehen. Er schlug auf das Lenkrad.

»Du hättest etwas sagen können. Das ist alles. Nur etwas sagen, dass du da hinaufgehst.«

Regen klopfte auf das Dach, über den nassen Wiesen stieg weißer Dunst auf. Als Kind hatte sie sich ein Reich gedacht, in dem war sie die Königin, sie wusste alle Gedanken, die gedacht, und alle Träume, die geträumt wurden.

Als sie in den Hof einfuhren, stand der Vater in der Tür.

»Leni«, sagte er und der Wind schlug ihm den kalten Regen ins Gesicht. »Weißt du nicht, dass du uns Angst machst, wenn du einfach verschwindest?«

»Wir hätten dich brauchen können«, sagte die Mutter, die aus der Küche Schüsseln in die Stube trug und auf den Tisch stellte. »Für so viele Leute eine Jause richten, das macht sich nicht von alleine.«

»Es tut mir leid.«

»Ja. Aber immer zu spät.«

»Tante Helene!«, rief Matthias. »Liebe Tante! Ich hab dich gesucht!«

Sie begrüßte Franz und Veronika, sie sei auf der Alm gewesen, sagte sie. Bevor sie noch mehr sagen konnte, tauchte ihre Schwester aus der Küche auf.

»Na endlich!« Gisi schob einen jungen Mann auf sie zu. »Das ist Robert. Er ist ein Einzelkind, und aus der Stadt, er kennt das nicht, den Massenauftrieb!«

»Ich werde mich dran gewöhnen«, sagte der junge Mann.

»Das musst du auch. Sonst wird das nichts mit uns!«

Gisi umarmte Helene. »Setz dich zu mir! Erzähl, wie es in Wien ist! Mach dir nichts draus«, sie nickte zur Mutter hinüber, »wir haben die Jause auch so gut hingekriegt.«

»Ich geh mich schnell umziehen.«

»Wir halten dir einen Platz frei, zwischen Matthias und mir, ist das recht, Matthias?«

Sie zog sich im Dunkeln um, sie rieb sich das Haar trocken, sie hatte alle Gedanken gewusst, und alle Träume, aber das war lange her.

Am nächsten Tag zum Kaffee waren alle wieder da. Die Kinder suchten ihre Nester, Matthias ertrug nur mühsam den gutmütigen Spott der Brüder, weil er sein Nest nicht fand, beim Spaziergang am Nachmittag ging er zwischen Helene und Bernhard, »fliegen!«, verlangte er und sie zogen ihn hoch.

»Du hast da ein Wehweh!«, sagte Matthias.

Fachmännisch begutachtete er Helenes Handgelenk. Sie zog den Ärmel herunter, er schob ihn wieder hinauf.

»Hat das weh getan?« Matthias fuhr über die Narbe. »Hast du geweint?«

»Das ist nichts.« Sie spürte Bernhards Blick auf sich. »Ich hab mich dumm angestellt.«

»Tut es noch weh?«

Sie schüttelte den Kopf.

»Ich hab auch ein Wehweh. Schau!« Er krempelte die Hose bis übers Knie hoch. »Da bin ich hingefallen, das hat geblutet, dann hat es eine Kruste gekriegt. Da hat mich der Sebastian gestoßen«, er zeigte auf einen blauen Fleck, »und da«, ein winziger Punkt war auf seinem Schienbein zu sehen, »da hab ich mich gekratzt.«

»Oje«, sagte Helene. »Und ist es wieder gut?«

»Schon lang. Da hab ich geweint«, er zeigte auf das Knie, »aber da und da nicht.«

»Komm!«, sagte Bernhard. »Wir laufen um die Wette. Wer als Erster beim Marterl ist!«

Beim Rückweg ging Gregor neben Helene. Dass sie bei Nina versagt hatte, dachte sie. Und vielleicht auch bei Gregor. Zu viel geliebt, zu wenig geliebt, und gab es denn das, ein rechtes Maß beim Lieben.

»Nein«, sagte sie, als Bernhard sie später zwang, ihn anzusehen. »Ich werde nicht darüber reden. Ich will nicht dahin zurück.«

»Ich war auf der Alm.« Sie sah den Bruder lauernd an.

Einen Schlummertrunk, hatte Barbara gesagt, und etwas war in Helene gefahren, dass sie die Harmonie stören wollte, das Wohlsein, das zu herrschen hatte, wenn die Familie beisammen war. Sie schob Bernhards Hand, die er besänftigend über ihre gelegt hatte, weg.

Was der Bruder sich denn gedacht habe, die Alm so zu verschandeln? Ob eine Jausenstation nicht genug gewesen sei, warum müsse es jetzt noch eine Gaststube sein, und warme Küche, viergängiges Almmenü, und Stubnmusi? Ob er demnächst auch noch Witze erzähle? Und was käme noch, Fünfsternehotel mit Wellnessbereich und Fitnessräumen, oder was?

Hans stand auf. »Ich diskutiere das nicht mit dir.«

Man müsse sich nicht mit Leib und Seele verkaufen, um zu überleben, das glaube sie ihm nicht. Alles zubetonieren, sich zum Hanswurst machen für die Gäste, kein richtiger Bauer mache das.

»Kein richtiger Bauer!« Die Faust des Bruders krachte auf den Tisch. Und wäre sie denn die bessere Bäuerin gewesen? Sie hätte es nur sagen müssen, er habe sich nicht darum gerissen. Es sei das aber jetzt nun einmal sein Hof und auf dem mache er, was er wolle und wenn ihr das nicht passe, habe sie hier nichts zu suchen.

»Entschuldige, Bernhard«, sagte er, »das geht nicht gegen dich. Aber ich lasse mir auf meinem Hof nicht dreinreden.«

Er könne ihr aber den Mund nicht verbieten! Und was er den Eltern antue! Das glaube sie ihm nicht, dass sie damit zufrieden seien, wenn Hans die Alm in ein Tollhaus verwandle!

Sie sah den Zorn ins Gesicht des Bruders fahren und sie wusste, was kommen würde, endlich.

»Was ich den Eltern antue?« Hans lachte. »Ich sag dir, was ich den Eltern antue!«

Dass er, sagte er, seit seinem zehnten Lebensjahr auf dem Hof gearbeitet habe. Und seit er aus der Schule sei, schinde er sich ab, um den Hof zu erhalten. Damit sie aufs Gymnasium gehen konnte, und dann noch studieren, damit die Zwillinge eine Ausbildung hatten. Er habe nicht darum gebeten, aber er habe es getan. Und sie erzähle ihm, was er den Eltern antue? Ausgerechnet sie? Wer habe denn gemeint, es freue ihn das Leben nicht mehr, einfach so? Wer habe sich denn die Pulsadern aufschneiden müssen, und warum? Ob sie denn wisse, was da los gewesen sei, wie sie von der Schule angerufen hatten? Aber habe es sie gekümmert, was mit den Eltern war? Und ihm erzähle sie, er tue den Eltern etwas an!

»Trau dich noch einmal«, sagte er, »und ich schmeiß dich hinaus und du brauchst dich nicht mehr blicken lassen, hast du das verstanden?«

Dass so eine Wut in ihm war, dachte Helene. So eine große Wut. Dann saßen sie alleine in der Stube, Bernhard und sie.

»Was hast du dir jetzt dabei gedacht?«, fragte Bernhard. »Wir sind hier Gäste. Es steht uns nicht zu …«

Und obwohl sie wusste, dass er recht hatte, pfauchte sie ihn an: »Du bist vielleicht ein Gast. Ich bin Familie. Ich habe das Recht, was zu sagen.«

Sie wünschte, er würde ihr darauf antworten. Er stand aber auf und ging hinaus und ließ sie alleine zurück.

15

Es gab Erzählungen, die wurden flüsternd weitergegeben, über Mädchen, denen etwas passiert war. Dass ein Mädchen, das war lange her, ein Mädchen war ins Unglück gefallen, so ein Unglück machte einen groß, und besonders. Sie war ins Wasser gegangen, sagten die Mädchen ehrfürchtig, aus Liebe, aber aus Liebe zu wem. »Zum Direktor«, flüsterten die Mädchen und erschauerten. Nachts träumten sie starre weiße Körper, die unter Hecken lagen oder im Wasser, bleich und kalt. Die Liebe des Direktors musste eine fürchterliche sein.

Ein Mädchen hatte sich in den Gärtner verliebt. Der Gärtner musste gehen, das Mädchen auch, »obwohl doch«, hieß es, »obwohl doch nichts passiert war«. Aber die Mädchen wussten, wie es sein müsste, im Gras neben dem Gärtner zu liegen, der hatte blaue Augen und einen Grashalm zwischen den Zähnen und seine Hände waren hart.

Ein Mädchen, Laura, oder Sylvie, war ausgerissen und erst nach Wochen wieder aufgetaucht, in einem Heuschober, hieß es, oder einer Hippiekommune, auf dem Weg nach Amsterdam, nach London, oder nach Wien. Die Polizei war da gewesen und hatte Drogen gesucht, Haschisch, LSD, kaum war das Mädchen wieder da, musste es die Schule verlassen.

»Kein Abschluss«, sagten die Lehrerinnen, »lasst euch so etwas nicht einfallen.« Ohne Abschluss, ohne Matura von der Schule gehen, was für eine Katastrophe.

Aus Liebe waren Mädchen verschwunden, aus Verzweiflung, das war dasselbe, oder sie hatten sich etwas angetan. Die Mädchen schlichen in das leer stehende Portierhäuschen am Rand des Parks, sie suchten den Haken, an den eine die Schlinge gehängt hatte und dann sich selbst, sie hockten sich auf Türschwellen und stellten sich vor, das Seil war schwer und rau, sie tasteten nach ihrem Hals, wie die Fasern kitzelten, und wie sie ins Leere stürzten, lockende Schwärze, jauchzender Fall. Und war es das, was die Liebe machte.

Lehrerinnen, Erzieherinnen, die Schicksale hatten.

»Die spinnt«, flüsterten die Mädchen, weil eine Erzieherin durch den Park ging und mit einem redete, aber da war niemand neben ihr.

»Schwermut«, sagte die Erzieherin, eine Schwermut, die in der Familie lag. Ein Onkel, der sich umgebracht hatte, ein Bruder, der zu schwach war für die Welt, und vielleicht wusste sie, dass die Mädchen darauf lauerten, demnächst sie zu finden, im Wald, wie eine Frucht, die wuchs an einem Baum und schaukelte im Wind. Ganz unschuldig würden die Mädchen sie finden, und ehrfürchtig, es würde aber die Sehnsucht der Mädchen die Tote in den Baum gehängt haben.

Einer anderen Erzieherin war der Mann gestorben. »Wenn ich ein Kind hätte«, sagte sie, »aber wenigstens habe ich euch«, und die Mädchen nickten, mit schlechtem Gewissen, »ja, wenigstens haben Sie uns.«

»Vertrieben«, sagte eine andere, »geflohen, wir hatten ein Gut im Osten, wir haben alles hinter uns gelassen, wie bin ich nur hier gelandet.«

»Ich hätte«, sagte die Bachler, »Karriere machen können, an der Oper, mit Dermota gesungen, mit der Schwarzkopf, mit der Lipp.«

»Ist es wahr«, sagten die Mädchen, wenn sie sich nicht mit

Partituren plagen wollten und mit Transpositionen, »ist es wahr, dass Sie mit Dermota gesungen haben?«

Dann rollte die Bachler die Augen, »Karajan! Der große Karajan«, als spuckte sie aus, »keinen Sinn für die hauseigenen Kräfte«.

Eine Lehrerin wollte eines der Mädchen adoptieren, das war aber dann doch nicht passiert.

Von einer anderen Lehrerin erzählten sich die Mädchen, sie hätte sich in eine Schülerin verliebt.

»Igitt«, sagten die Mädchen und schüttelten sich und ein Grausen befiel sie, dass das möglich war, und geschehen war. Die Lehrerin, »das Krokodil«, war immer noch an der Schule, sie hatte graue Haare, die waren in feste Wellen gelegt, ihre Zähne waren groß, »und gelb«, flüsterten die Mädchen. Sie unterrichtete Zeichnen, einmal hatten sie in einer Mappe gestöbert, die im Zeichensaal lag, dass das Krokodil so zarte Blüten malte, überraschte sie, und aufgerissene Körper.

»Die ist pervers«, sagte Johanna.

Das Krokodil war aber immer in einem Abstand zu den Mädchen, anders als andere lehnte sie sich nie über sie, tupfte sie nie an der Schulter, packte sie nie am Arm, hielt sie nie auf, zog sie nie zu sich, wenn sie liefen.

»Briefe«, sagten die Mädchen, eine Schülerin habe ihr Briefe geschrieben, sie habe darauf geantwortet, deswegen sei es aufgekommen.

»Schweinereien«, sagte Johanna, und dass da sicher mehr gewesen sei.

»Sie hat Glück, dass sie noch unterrichten darf«, sagten die Mädchen. »Aber jetzt ist sie sowieso zu alt.«

Nachts stiegen die Mädchen in tiefe Brunnen, tranken das bittere Wasser.

16

Noch in den ersten Jahren ihrer Ehe hatte sie jäh eine Sehnsucht nach Dora gepackt. Mitten hinein in die Erschöpfung nach durchwachten Nächten, in überhelle Tage, an denen die Nähe der anderen sie schnitt, eine Gegenwart von Dora, ihr Duft, ihr kehliges Lachen. Es gab einen Zustand in ihrem Schlafen, da wusste sie sich zwischen Wirklichkeiten gefangen, und unerlöst. Es gibt mich nicht wirklich, dachte sie.

»Aber du«, dachte sie, oder sagte es und wusste, sie sagte es zu Dora, und dass Dora lächelte, »ich gehöre doch dir.«

Wenn sie aufwachte, lag neben ihr ein Mann und ein Kind schrie, das war schrecklich lebendig.

Sie hatte sich ins Fleisch geschnitten, sie hatte sich aus dem Fleisch gehackt, was nicht sein durfte. Eine gleißende Helligkeit war im Schmerz gewesen. Dass sie nicht wirklich war, heimlicher Triumph.

Sie fügte sich in ihr Leben, das sie so nicht gewollt hatte, in die Familie, die jetzt ihre war, in das Haus, den Garten. Weil sie Bernhard nicht verletzen wollte, er war gut zu ihr gewesen, suchte sie, an jedem Tag neu, ein Gefühl für ihn, und hoffte, dass es reichte. An manchen Tagen schien ihr, sie wäre immer noch ein Mädchen, und unberührt.

Das Kind, das sie lieben sollte, schrie. Vielleicht, weil es gar nicht da sein sollte, schrie es umso lauter. Eine Aufsässigkeit war in dem Kind und ein unerhörter Lebenswille, wie wäre dieses Kind zu lieben gewesen. Manchmal, wenn Helene in Ninas brüllrotes Gesicht starrte, wusste sie, wozu sie fähig wäre, um das Kind still zu machen.

Bernhards Eltern hatten es missbilligend zur Kenntnis genommen, dass ihr Sohn heiratete, obwohl er gerade erst fertig studiert hatte, dass er Vater wurde, obwohl er noch kein eigenes Geld verdiente, oder nicht ausreichend, »was hat sie, was bringt sie mit«, niemand brauchte Helene zu sagen, dass diese Gespräche geführt wurden.

»Es ist natürlich anständig von ihm«, sagten sie beim ersten Aufeinandertreffen zu Helenes Eltern, so laut, dass auch Helene es hören musste, dass es anständig war, sie zu heiraten, nachdem sie sich in diese Lage gebracht hatte. Bernhards moralische Überlegenheit also, die moralische Überlegenheit der Schwiegereltern, die neben der Moral auch Geld hatten, Vorarlberger Kammgarne, ein Unternehmen mit Tradition, seit Generationen im Familienbesitz.

»Der Hände Arbeit«, sagte der Schwiegervater beim Hochzeitsessen. »Sauberkeit und Fleiß. Und seit Generationen gelebte menschliche Verantwortung.«

Dann war sie also verheiratet, dann war sie also Ehefrau, und sollte Mutter werden, für den Rest ihres Lebens würde sie nie mehr alleine sein.

Bernhard suchte nach einem Haus, das Geld dazu kam von seinen Eltern. Dass es ihm zustand, sagte er, mit einer Schärfe, die sie das erste Mal von ihm hörte. Dass es keine milde Gabe sei, es stehe ihm zu. Es stehe seinen Kindern zu und es stehe ihr als seiner Frau zu.

Es war ihr unangenehm, dass sie mit Bernhard gleichzeitig das Geld seiner Eltern geheiratet hatte, und jetzt wollte sie nicht einmal sein Kind zur Welt bringen. Oder seine Kinder, Plural, dachte sie und fiel in eine Verzweiflung.

Sie verließ die Wohnung, in der sie in den ersten Monaten ihrer Ehe lebten, nur für die allernotwendigsten Wege, sie fühlte sich nicht sicher, wenn sie sich nicht in der Nähe einer Toilette, einer Dusche, eines Bettes aufhielt. Sie nahm kaum zu, weil ihr Körper alles wieder von sich gab, was sie ihm zuführte. Dass sie, dachte sie, das Kind ausspeien würde. Es müsste doch ihr Körper diesen Zellhaufen, diesen Klumpen dickes Blut, lange dachte sie so über das Kind, Zellhaufen, Klumpen Blut, der müsste doch abgehen, ausgeworfen werden von ihrem Körper, bevor er etwas anderes würde, ein Kind, das man lieben sollte.

Bevor sie einschlief, betete sie, das Kind, das Fremde in ihr, möge abgehen in der Nacht. Sie legte eine Gummimatte unter das Leintuch, für den Fall, dass das geschehen würde, sie bat das Kind, Gott, Gott und das Kind eindringlich, ihr zu Hilfe zu kommen, das passierte aber nicht.

Mit Bernhard schlief sie, als wollte sie ihrem Körper, der sich gegen sie gestellt hatte, eine Lektion erteilen.

Dann war das Kind da und eine Schwäche, die keine körperliche war, kam über sie.

»Sie sieht dir ähnlich«, sagte Bernhard, der sich zu freuen schien, aber das Kind sah niemandem ähnlich, Kobold, Wechselbalg, der nicht aus ihr gekommen war, sie hatte sich bei der Geburt doch ganz aus sich entfernt. Die Welt war flach und grau und presste sie zusammen, Papiermädchen. Sie dachte an Dora, und dass sie im Schmerz lebendig gewesen war.

17

Sie hatte Dora den Turm gezeigt. »Da ist nie jemand«, hatte sie gesagt, und der Wind war in ihre Haare gefahren und in ihre Blusen. Manchmal flatterte Wäsche am Turm, Leintücher und Bettüberzüge knatterten im Wind, der sich von den Dachsparren in die weiße Leere warf. Unten, sehr klein, und wie Blätter, trieben Mädchen über die Wiese.

»Warst du denn noch nie verliebt?« Dora zupfte sich einen Tabakkrümel von der Zungenspitze.

»Ich weiß nicht«, sagte Leni.

»Wie, du weißt nicht? Du musst doch wissen, ob du schon einmal verliebt gewesen bist!«

Leni stemmte sich gegen die steinerne Balustrade, dass ihr die Hände weh taten. Die Wäsche bauschte sich und der Wind schlug ihr in die Ohren.

»Der Xaver«, sagte Dora, »der Xaver war in der Achten, wie ich in der Sechsten war.«

Sie lehnte sich in ein Leintuch, das der Wind hinter ihr hochwarf.

»Er war Schulsprecher, ich war Klassensprecherin, wir sind im Kaffeehaus gesessen und haben Revolution gemacht. Bei einer Demo hat er mich das erste Mal geküsst.« Dora kniff die Augen zusammen. »Scheißkerl.«

Sie hielt Leni die Zigarette hin, Leni schüttelte den Kopf.

»Die Welt verändern, hat er gesagt, mir hat das so imponiert. Ich war so verknallt in ihn, das gibt's überhaupt nicht.« Sie drückte die Zigarette aus. »Ich hab ihm alles geglaubt, was er gesagt hat. Und dann war er doch derselbe Arsch wie alle andern.«

Der Wind zerrte an ihrem Haar und warf ihr weißen Stoff ins Gesicht. Unten trieben die Mädchen zurück ins Schloss, ein Ausflugsschiff querte den See. Der Berg war nur noch Schatten und hinter den Gebirgsketten färbte sich der Horizont grün.

»Von da heroben gesehen«, sagte Dora, »ist es fast schön hier.«

Mitte Oktober wechselte Johanna den Platz in der Klasse, ab da saß Martina neben Leni. Am Vorabend hatte sie Johanna versprochen, dass sie mit ihr Französisch lernen würde, aber dann hatte Dora sie in ihr Zimmer eingeladen. Alina und Henriette und Vicky und Christina hatten Blicke gewechselt, aber Dora hatte sich neben Leni auf das Bett gesetzt, sie hatte Leni einen Becher eingeschenkt, etwas prickelte rot.

»Der Dieter«, sagte Alina, »soll uns etwas besorgen«, »am Wochenende also«, sagte Christina, »kommen auch die Weiß-Brüder?«, fragte Vicky.

Leni trank in kleinen Schlucken das Prickelnde, und Dora saß neben ihr. Gegen zehn gingen Alina und Henriette fernsehen, Vicky und Christina verabschiedeten sich, »sag dem Dieter«, sagte Vicky, »dass ich was rauchen will!«

Dann war sie mit Dora alleine. Dora machte das Fenster auf, sie zündete sich eine Zigarette an.

»Wer ist der Dieter?«

Dora schnippte die Asche aus dem Fenster. »Ein Freund.« Sie sah in den Hof hinaus.

»Ich schlaf mit ihm«, sagte sie nach einer Weile.

»Wie?« Leni errötete. »Ich meine, wie geht das, du bist doch immer hier!«

»Du bist so ein Baby manchmal.« Dora verdrehte die Augen.

Dass Dieter sie abholte, um elf, um zwölf, wenn auch die Erzieherinnen schliefen, dann fuhren sie zu ihm, oder sie machten es im Auto, für draußen war es schon zu kalt.

»Ich brauch das«, sagte sie. »Sonst halte ich das hier gar nicht aus.«

Ob sie keine Angst habe, dass sie erwischt würde?

Dora drückte die Zigarette aus. »Du musst jetzt gehen. Ich steig dann aus.«

Als Leni in ihr Zimmer kam, saß Johanna über den Büchern.

»Ich war bei Dora«, sagte Leni, als müsste Johanna verstehen, was das hieß. »Wir können aber jetzt noch lernen.«

»Nein«, sagte Johanna, »jetzt brauch ich dich nicht mehr.«

Und dann wieder Anfälle von Schüchternheit, *ich kann ja noch nicht einmal mit dir reden, stumm und taub und blöde wie ich bin in deiner Gegenwart,* die über sie kamen wie eine Krankheit. Die Unfähigkeit, ohne Dora zu sein, und die Angst und die Unfähigkeit, mit ihr zu sein, *wer bin ich denn, wer kann ich dir denn sein.* Ein Anhängsel, ein lästiges Ding, das man gerne verlieren wollte. Ein schwarzes Ziehen war hinter ihrem Brustbein.

»Nur du und ich«, würde Dora sagen, viel später, da war es nicht mehr weit bis zum Ende, »vielleicht sollten wir fortgehen, nur du und ich.«

Seit Johanna sich weggesetzt hatte, hielten sich auch Maria, Ursula, Gerlinde von Leni fern. Es war ihr aber ohnehin das Alleinsein notwendig geworden und das Kreisen um einen kalten dunklen Punkt.

Mit Dora hatte es sich dann so eingespielt: Nach dem Frühstück vielleicht oder kurz vor dem Läuten sagte sie: »Gib mir deine Mathehausübung, erklär mir schnell Physik, lass mich Französisch abschreiben. Es macht dir doch nichts«, sagte sie, »du hast es sowieso gemacht, das macht dir doch nichts?«

Es wäre aber doch Freundschaft mehr als das, oder nicht?, schrieb Leni in Briefen, die sie aber zerriss. In den Pausen war Dora mit Alina, mit Henriette, mit Gabriele zusammen, »fällt es dir eigentlich auf«, sagte Martina, »dass du mit mir nur redest, wenn Dora nicht da ist, fällt dir das eigentlich auf?«

Aber manchmal sagte Dora zu Leni: »Komm mit.«

Dann ging Leni mit Dora hinaus zum Raucherbaum, dort waren auch andere, die redeten über die Stadt, über die Burschen in der Stadt, die Ausgänge in die Stadt, und vielleicht legte Dora ihr die Hand auf die Schulter oder sie richtete eine Frage an sie, »was denkst du, Lene«, und wenn sie zurückgingen und grade noch vor der Lehrerin in die Klasse schlüpften, kam es Leni vor, als hätte sie etwas Außergewöhnliches erlebt.

»Im Frühling«, sagte Dora, »im Frühling müssen wir unbedingt wieder zum See, magst du?«

Dass sie im Frühling immer noch mit Dora sein würde, dachte Leni, alles war gut.

»Macht es dir gar nichts aus, dass du immer hier eingesperrt bist, dass du nie hinauskommst? Wie hältst du das aus? Ich könnte den ganzen Tag schreien vor Wut.«

Dass es keinen Unterschied für Dora machte, ob Leni da war oder nicht, das hätte sie doch dann wissen sollen.

»Hör dir das an«, sagte Dora am Abend. *Swimming in a fish bowl, year after year, wish you were here.*

Der Regen schlug ans Fenster und der Wind bog die Bäume und der See und der Berg verhüllten sich in Wolken und draußen fiel die Dämmerung.

»Und wenn wir fortfahren?«, sagte Dora. »In den Ferien, wir beide, was meinst du, wo willst du hin?«

»An den Neckar«, sagte Leni, den dachte sie sich flaschengrün, ein Turm stand am Wasser.

»Nach Rom«, sagte Dora ein anderes Mal. »Du und ich in Rom, da ist immer Sonne, nicht dieser beschissene Nebel, dieser beschissene Regen! Wir nehmen uns eine Wohnung, ich weiß schon, in welchem Viertel, wir lernen, wie man richtig gute Spaghetti macht, wir trinken Rotwein und laden uns Künstler ein, junge Männer, doch, jede Menge junger Männer.«

»Ich kann das nicht«, murmelte Leni, »mit Männern umgehen.«

»Ich such dir einen!« Dora lachte. »Ich suche meiner Lene einen Mann, du wirst sehen! Du musst es mir sagen, wie es ist, wenn du mit ihm geschlafen hast! Ob er gut zu dir ist, ob es dir gefällt, mit ihm zu schlafen, wirst du mir das sagen?«

»Aber das tut man nicht!« Die Hitze in ihren Wangen. Und was in Doras Augen blitzte. »Darüber redet man nicht!«

»Doch tut man das, mit seiner besten Freundin tut man das, seiner besten Freundin darf man alles sagen!«

Nach Rom fahren, an den Neckar fahren, an ein Meer fahren, mit einem Schiff, unter Segeln, die der Wind blähte, von Insel zu Insel fahren, nichts davon war ernst gemeint, hätte sie das nicht wissen müssen?, aber eine Zeit lang war es genug gewesen, ein Schatten, ein Flüstern in Doras Gedanken zu sein.

18

Betreff: Osterlamm. Und haben Sie denn eine Idylle gefunden in diesen Tagen?, hatte Rudolf Schröttner geschrieben. *Oder eine Heimat? Zarte Lämmer geschlachtet und verschlungen, die Idylle eines Fleischhauers. Oder ziehen Sie, feige, das Biskuitlamm vor, trockenes Bröseln?*

Ob sie denn wisse, schrieb er, dass das Lamm Gottes das Zunftzeichen der Fleischerinnung sei? *Dass sich das blutigste Handwerk, wenn wir von denen des Soldaten und des Henkers absehen, das blutigste Handwerk sich mit dem Symbol der Unschuld schmückt, was sagt uns das, liebe Frau Waldner?* Als könnte, schrieb er, was geschlachtet würde, wieder auferstehen. Auferstehung als Braten, und zur allerletzten Ruhe gebettet in den Mägen der Hungrigen, der Fresssüchtigen, der Genießer, und dann Kot und Gestank, unheilige Kommunion. Allem, was sich heimatlich anschleichen wolle, schrieb er, gelte es, sich zu verweigern. *Es verrät uns doch die Heimat,* sie seien Ausgeworfene, Heimatlose, vom Moment der Geburt an.

Helene sah vom Computer auf. Wie in einem Spinnennetz am Morgen Tautropfen zitternd im feinen Gewebe hingen, dachte sie. Wie die Sonne sich in Pfützen spiegelte. Die Kühle des Steins.

Und doch, schrieb Schröttner, *der Heimatverwerfung zum Trotz,* überwältige auch ihn manchmal, und überraschend, eine Sehnsucht, der begegne er auf blasphemische Weise. *Christliches Lamm,* schrieb er, *arabisch zubereitet, mit Honig und Zwiebelkompott und Couscous.*

Helene lächelte. Virtuell, schien ihr, war Rudolf Schröttner leichter zu ertragen als analog. Und welche Anbindung hatte er gesucht, in einer Ostermontagnacht, um 23.54. Sie klickte auf »Antworten«.

Herzlichen Dank, schrieb sie, *für das Rezept. Erste Heimat: die des Duftes, des Geschmacks. Genährt sein, versorgt sein. Können wir jemals an einem anderen Ort als unserem Kindheitsort, in einer anderen Zeit, bei anderen Menschen Fuß fassen? – Nostalgie, werden Sie sagen, oder, schlimmer noch, Regression.*

Ich kann das Nichtverwurzeltsein nicht als gut empfinden, nicht für mich. Ich bin ein Kind der Berge, könnte ich sagen, und Sie würden lachen. Aber, würde ich beharren, wir müssen uns verwurzeln, um nicht davongeweht zu werden, wir müssen uns in den Stein krallen, in den kargen Boden, um nicht fortgespült zu werden. Und weil das nicht mehr ist, das ist doch der Schmerz, dass nicht mehr ist, was uns so notwendig wäre, vielleicht. Übrigens mochte ich Lammfleisch nie, weil ich weiß, wie klein das Leben ist, wie übermütig, und wie gerne es unter dem Himmel hüpft und auf der Wiese.

Es klopfte an der Tür, jemand steckte den Kopf herein. »Dora«, sagte Helene. Sie hatte vergessen, wie grün Doras Augen waren.

»Hast du ein paar Minuten? Wir könnten einen Kaffee trinken, was meinst du?«

»Ich muss dringend ein paar Sachen erledigen …«

»Ich hab's nicht eilig, wie lange brauchst du?«

»Ein paar Mails, einen Anruf oder zwei.«

»Eine halbe Stunde?«

Lieber Herr Schröttner, hätte Helene gerne geschrieben, retten Sie mich, befreien Sie mich, Sie haben ja recht, es ist der Schmerz nach der Heimat ein Unding, und tödlich, wie leben Sie in der Fremde?

Die Gegenwart fordert ihren Tribut, schrieb sie stattdessen, *deswegen schließe ich. Und sende Ihnen herzliche Grüße, in welcher Fremde Sie auch sein mögen.*

Dann saß sie und sah aus dem Fenster, Tautropfen, dachte sie, zitternd im feinen Gewebe.

Die Tische in der Cafeteria waren nur spärlich besetzt, ein paar Studenten starrten in ihre Laptops, durch die geschlossenen Fenster drang als fernes Rauschen der Verkehrslärm. Dora hatte auch für sie ein Glas Sekt bestellt, das ärgerte Helene. Als gäbe es etwas zu feiern. Und als ginge das mit ihrer Arbeit zusammen, am Vormittag Sekt trinken. Sie würde es büßen müssen, mit Kopfweh und Unkonzentriertheit, schon jetzt spürte sie, wie sich schwarz etwas in ihr zusammenballte.

Sie nippte an ihrem Glas, »dein reizender Mann«, sagte Dora, »und deine reizenden Kinder!« Sie freue sich, dass Lene es so gut getroffen habe, das habe sie ihr immer gewünscht, und Lene sei doch ein Familienmensch, immer gewesen, nicht wahr, wie schön, wenn sich die Dinge gut fügten, das hätten sie doch? Sie selbst, Dora winkte nach einem zweiten Glas, sie selbst habe es mit der Ehe nicht so gehabt, sie sei nicht geschaffen für das Ewige. Sie sei damals mit Dieter – Lene erinnere sich doch an Dieter? – mit Dieter nach Berlin gegangen. Sie habe ihn geheiratet, gleich nach der Schule, zu Fleiß, habe sie sich gedacht, zu Fleiß das Allerbürgerlichste mit dem allerunbürgerlichsten Menschen, den sie gekannt habe. Es sei eine einzige Katastrophe gewesen und sie hätten sich nach einem halben Jahr scheiden lassen, aber das würde Lene sicher nicht wundern, sie hätte ihr das auch damals schon sagen können, oder nicht?

Helene zuckte die Schultern.

Ob sie sich noch an das Krokodil erinnere? Sie habe die Lehrerin durch Zufall getroffen, in Berlin. Die Lehrerin habe ihr Kontakte vermittelt, Wege geebnet, sie, Dora, wisse nicht, was sonst aus ihr geworden wäre, das sei eine schwierige Zeit gewesen, und Dieter –

Dass sie daran gedacht hatte, erinnerte sich Helene, nach Berlin zu fahren. Manchmal, in diesem ersten Jahr nach der Matura, hatte sie sich an dem Gedanken festgeklammert, Überlebensnotwendigkeit, das würde sie immer noch tun können, nach Berlin gehen, Dora suchen, Dora die Frage stellen.

»So viele Zufälle«, sagte Dora, die ein Leben bestimmten, oder nicht? Und so ein schöner Zufall, dass sie einander getroffen hätten. »Ich wusste, dass wir uns wiedersehen würden, irgendwann, und wie zufällig.«

Es gibt keinen Zufall, hätte Helene sagen können. Aber es gebe Entscheidungen.

»Und du?« Dora lehnte sich zurück. »Geht's dir gut?«

Das war doch die gleichgültigste aller Fragen und was kümmerte das Dora jetzt?

»Ja«, sagte sie. »Sicher.«

»Du hast einen schönen Arbeitsplatz. Hoch über der Stadt. Und unter lauter Büchern. Das wolltest du doch immer!«

Als wüsste ich noch, was ein Wollen ist. Der Himmel war von einem unwahrscheinlichen Blau, Föhnhimmel, Kopfwehhimmel.

»Schreibst du noch? Nein? Ich habe mir immer gedacht, du solltest das weitermachen. Du hast Talent gehabt.«

»Wahrscheinlich nicht genug.«

»Vielleicht willst du ja wieder damit anfangen?«

»Wozu?«

»Ich hätte gedacht, das wäre etwas, das du tun müsstest.«

»Offensichtlich nicht.«

Dora riss an ihren Haaren. »Was hältst du von meinen Sachen?«

Sie schüttelte den Kopf, als Dora der Kellnerin ein Zeichen zum Nachfüllen machte. »Was soll ich davon halten? Fäkalien und Pornografie – was ist das für eine Kunst?«

Dora machte ihre Augen schmal. »Das ist das Leben. Essen, scheißen, vögeln.«

»Du machst uns zu Voyeuren.«

Sie sah etwas in Doras Augen aufglimmen. Das Schmutzige, sagte Dora, das Schmutzige sei nicht in den Bildern.

Bernhard, der sich über den Laptop beugte. Die lächerliche Person, die sie war. »Es ist schamlos«, sagte sie.

Dora beugte sich vor. »Weißt du, dass ich in diesem Jahr, in dem ich wusste, es wird aufgezeichnet, es wird dokumentiert, wenn ich vögle – manchmal ist es mir so vorgekommen, als täte ich etwas Heiliges.«

Der Berg, der See, ein stählernes Blau, und Rosenblätter wie dunkler Samt in ihren Händen.

»Du beim Vögeln! Etwas Heiliges! Ehrlich, aber das ist geschmacklos.«

Dora grinste. »Ja. Das ist klar, dass du das so sehen musst.«

»Schön«, sagte Helene und stand auf. »Dann haben wir das jetzt auch geklärt, dass ich immer noch die verkorkste, blödsinnige, verklemmte Bergziege bin.«

»Lene.«

»Was?«

»Das habe ich nicht gesagt.«

»Warum bist du gekommen? Was willst du von mir?«

Dora, die sagte: »Nichts, Helene. Ich will nichts von dir.«

19

Judith war ins Internat gekommen, als Leni in die dritte Klasse ging. Ihre Eltern waren Missionare und konnten Judith nicht mitnehmen, erzählte Martinas Schwester, die ging mit Judith in die sechste Klasse, Leni dachte an kleine braune Negerkinder.

»Meine Großmutter zieht sich modischer an«, hatte Lydia gesagt. »Kittelröcke! Graue und braune Kittelröcke, Flanellhemden und braune Wollstrumpfhosen!« Dass Judith die Wäsche nur einmal in der Woche wechsle, da rieche sie dann schon streng. Und mit ihren klobigen Schuhen, Größe 42, komme sie daher wie ein Elefant.

Judith war Leni aufgefallen, weil sie meistens, die Arme vor der Brust verschränkt, wie abwesend über das Mädchengewurle hinwegsah, das rund um sie war. Die Haare hatte sie streng aus der Stirn gekämmt, sie hingen ihr, in einem schweren Zopf geflochten, den Rücken hinunter. Keine richtete das Wort an sie und sie richtete an niemanden ein Wort. Wenn Leni zufällig im Mädchenschwall an Judiths Seite gespült wurde, hielt sie die Luft an. Einmal waren die blassblauen Augen auf sie gerichtet, als wollte etwas eindringen, Leni sah schnell weg.

An einem Tag Ende April oder Anfang Mai war Leni in den Festsaal geschlüpft, sie war hinter dem schweren roten Samtvorhang auf die Bühne geklettert, um die Ballade zu deklamieren, die sie für Deutsch auswendig gelernt hatte, zu Dionys, dem Tyrannen schlich, und da war Judith gesessen. Sie hatte in der Bibel gelesen und Leni aus blassblauen Augen angesehen, dass Leni nicht weggehen konnte.

»Die Dinge der Welt sollen dich nicht kümmern«, sagte sie, weil Leni gefragt hatte, ob es ihr nichts ausmache, dass die anderen sie auslachten.

»Die Dinge der Welt sind von Übel, und der Applaus der Welt ist des Teufels.« Dass Gott die wahren Gläubigen prüfe. Dass Jehova alles zu seinem Zweck gemacht habe. »Auch dich, Leni.«

Dass Gott sie zu seinem Zweck gemacht hatte, darüber musste Leni dann nachdenken, während der Studierzeit, beim Hinaufgehen in die Fliegerschule und nach dem Lichtabdrehen, zu welchem Zweck hatte Gott sie gemacht. Ein paar Tage später schlüpfte sie wieder hinter den Vorhang, auf die Bühne, in die Kulissen, dort saß Judith, sehr aufrecht, die Bibel auf den Knien. Sie sah auf. »Ich habe gewusst, dass du kommen wirst.«

Wenn Leni mit Judith in dem engen, stickigen Verschlag hinter der Bühne saß, schien es ihr, als wäre von hier aus die Welt zu verstehen.

»Gott liebt dich«, sagte Judith. »ER lässt dich nicht alleine«, das machte Leni schwindlig. Alles, was in der Welt passierte, verfolgte einen Zweck, das verstand Leni jetzt. Und dass das Böse, das in der Welt war, die Guten prüfen sollte. Alles das Schreckliche, die Kriege, die Katastrophen, die Erdbeben und Hungersnöte, das waren Zeichen von Christi Gegenwart, das waren Zeichen für die Nähe des himmlischen Königreichs. Nach der Menschenherrschaft würde die Tausendjahrherrschaft Jesu Christi kommen, das würde schon bald sein.

»ER wird kommen«, sagte Judith, »und wir werden unter SEINER Herrschaft leben.«

Etwas wie eine Bewusstlosigkeit kam über Leni. »Und das ist wirklich so?«

»Zweifelst du am Wort Gottes?«

»Nein«, sagte Leni, »nein nein nein.«

Wenn Leni mit Judith in dem Verschlag saß, war sie eine Besondere und auserwählt, Gottes Willen zu tun, warum verschwanden ihr das Wissen und die Wahrheit, wenn sie mit den Freundinnen war?

»Die spinnt doch«, sagte Johanna. »Die hat einen kompletten Vogel, frag die Lydia.«

»Wieso gibt es Kriege?«, fragte die Lehrerin in Geschichte, »weil Gott uns prüft«, sagte Leni.

Die Dvorschak runzelte die Stirn.

Weil Krieg sein muss im Himmel und auf Erden, wollte Leni sagen. Damit die Erde gereinigt wird, Harmagedon, Krieg ist Reinigung, und Vernichtung des Bösen, oder war das nicht so, sie musste Judith fragen, sie rutschte in ihren Sessel zurück.

»Sie haben mich ausgelacht«, schluchzte sie, als sie mit Judith wieder hinter der Bühne saß. »Und die Dvorschak hat mir ein Minus eingetragen. Ich habe nicht mehr gewusst, wie es richtig ist, sie haben mich ausgelacht, ich hab mich so geschämt.«

»Du hast Zeugnis abgelegt.«

Leni wischte sich die Tränen ab. »Aber ich hab gar nichts sagen können. Und es war schrecklich.«

Matthäus 5,10, sagte Judith. Selig seien, die um der Gerechtigkeit willen verfolgt würden, denn ihrer sei das Himmelreich. Was ihr passiert sei, sei nur eine kleine Prüfung gewesen. Es würden größere Prüfungen kommen – würde sie standhalten? Gott habe sie, Leni, auserwählt, um Zeugnis zu geben. Sie wolle doch bereit sein, wenn ER sie rufe?

Leni nickte. Das wollte sie, oh sie wollte es! »Ohne dich

wüsste ich von gar nichts«, sagte sie. »Ohne dich wäre ich verloren.«

»Nein«, sagte Judith. »Ohne Gott wärst du verloren. Würde ich vom Glauben abfallen, müsstest du dich von mir abwenden, Leni, um deine Seele zu retten. Abtrünnige musst du von dir stoßen, dass du nicht selbst von Jehova abfällst.«

»Das würde ich nie tun! Du bist doch meine Freundin!«

Judiths Stimme kam scharf. »Stell dich nicht gegen Gott! Wie kannst du die Freundschaft zu einem Menschen über die Liebe zu Gott stellen! Das kommt vom Satan, sag so etwas nie wieder.«

So inbrünstig liebte Judith Gott, dass ihr Tränen in die Augen stiegen, wenn sie von ihm sprach. Ihre großen Hände waren immer rot, als wären sie einer Hitze ausgesetzt, große rote Hände, die Gottes Wort befördern wollten.

Früher habe sie sich dafür geschämt, sagte sie. So große Hände, so große Füße. Aber jetzt wisse sie, Gott, ihre Hand flog zu ihrem Mund, Gott habe sie mit diesen großen Händen und Füßen geschaffen. ER habe gewollt, dass sie IHM mit diesen Händen und Füßen diene.

Leni versteckte ihre Hände. Hätte sie nur auch etwas, das sie auszeichnete, einen Makel, »ich hab X-Beine«, sagte sie, »die sind hässlich«.

»Gott hat sie dir gegeben. Willst du IHN kritisieren?«

Wenn Leni sich mit Judith über die Bibel beugte, spürte sie Judiths schweren Körper neben sich. Judith trug auch an den warmen Maitagen immer noch die braunen Wollstrumpfhosen und die langärmligen Flanellhemden, sie roch säuerlich. Judiths Haut war weiß, nur ihre Hände waren rot, und ihr Busen unter dem grauen oder braunen Stoff wogte.

»Du hast schöne Haare«, sagte Leni.

»Gott sieht auf die Schönheit unserer Seele, Leni, weißt du das noch immer nicht?«

»Magst du sie nicht einmal aufmachen? Nur hier? Nur für mich?«

Judith tastete nach ihrem Haar. »Du kannst mir den Zopf flechten.«

Sie löste ihr Haar, das fiel in Wellen über ihren Rücken, Leni hielt den Atem an. »Ich hol einen Kamm«, sagte sie und lief und kam mit einer Haarbürste zurück, Judith saß regungslos.

»Du musst fester bürsten«, sagte Judith, »du musst fester flechten«, und Leni zog an den Haarflechten, dass es Judiths Kopfhaut nach hinten zerrte. Nachts dachte Leni daran, dass Gott sie liebte, und dass er sie prüfen würde.

Judiths Hände lagen ruhig in ihrem Schoß. »Schon nächstes Jahr«, sagte sie. »Schon nächstes Jahr wird das tausendjährige Gottesreich auf Erden beginnen.«

»Harmagedon?«, sagte Leni. »Die letzte Schlacht? Das ist schon nächstes Jahr?«

»Gott wird die alte Erde und den alten Himmel vernichten. ER wird die Ungehorsamen strafen, ihr Tod wird ein ewiger sein. Die kleine Herde ist auserwählt«, sagte Judith. »Aus Liebe und Gerechtigkeit führt Gott den letzten Krieg.«

Die Mutter hatte ihr eine Ohrfeige gegeben und sie im Zimmer eingesperrt, als Leni ihr gesagt hatte, dass sie sich alle bekehren mussten, um nicht zu den Verdammten zu gehören.

»Du kommst mir da nicht eher heraus«, hatte die Mutter geschrien, »als bis du mit diesem Blödsinn aufhörst!«

Später war der Vater gekommen, er hatte sich zu ihr gesetzt.

»Aber Leni«, hatte er gesagt. »Wir haben doch schon einen Glauben. Wieso willst du denn jetzt einen anderen?«

»Wir werden vernichtet werden, alle!«

»Aber nein. Wer sagt denn so etwas? Das wird nicht passieren. Du brauchst keine Angst zu haben, ich verspreche es dir, das wird nicht passieren.«

Der Vater meldete Leni am Sonntag krank, am Montag fuhr er mit ihr in die Schule zurück. Er redete mit der Erzieherin und mit dem Direktor, »es wird alles gut«, sagte er beim Abschied. Leni wurde zur Erziehungsleiterin bestellt, auch der Religionslehrer sprach mit ihr. Dass sie mit Judith die Bibel gelesen hatte, war denn das schlecht gewesen?

»Es gibt einen Bibelkreis«, sagte der Religionslehrer, »der findet jeden Freitagabend hier im Schloss statt, warum bist du nicht zu uns gekommen?«

An einem Nachmittag versammelten sich die Mädchen im Festsaal. Judith saß in der letzten Reihe, das Gesicht wie aufgespannt. Leni sagte leise ihren Namen, aber Judiths blassblaue Augen waren in eine Ferne gerichtet. Auf der Bühne sprach einer über die Gefahren, die von Sekten ausgingen, Leni saß wie betäubt. Es gab keinen Plan und es gab kein Ziel, wieso wusste sie trotzdem, dass sie Gott und Judith verraten hatte. Manchmal träumte Leni jetzt von Judith, die eine Hand an ihren wogenden Busen presste. Ihr Haar wallte und ihr weißes Fleisch leuchtete.

»Wie hast du nur so dumm sein können, so was zu glauben!«, sagte Johanna. »Wie hast du so einer Verrückten überhaupt zuhören können!«

Leni riss ihr das *Bravo*-Heft aus der Hand. »Blöde Kuh«, sagte sie. »Weil du immer alles weißt.«

Sie las jetzt *Bravo*-Hefte, sie verliebte sich in Filmstars, in

Popstars und in die Freunde der Mädchen aus der achten Klasse, manchmal war ihr, als horchte sie auf Schlachtenlärm, aber auch das nächste Jahr ging vorüber, ohne dass die Welt unterging. Judith war nach der sechsten Klasse von der Schule gegangen, »ihre Eltern sind aus Russland zurück«, sagte Lydia.

»Russland?«, sagte Leni, »ich dachte, die waren in Afrika?«

»Nein«, sagte Lydia, »Russland.«

20

Als Bernhard gesagt hatte, dann heiraten wir, hatte sie Ja gesagt. Dass er sie aus Mitleid heiratete und aus einem Pflichtgefühl heraus, weil er einer war, der Dinge zu Ende brachte, weil er nicht vor einer Verantwortung davonlief, das hatte sie gerettet, die Eltern hätten es nicht verstanden, ein Kind und keinen Mann dazu, und wie hätte sie alleine ein Kind großziehen können, das sie nicht gewollt hatte. Sie wusste erst später, was es mit ihr machte, dass sie ihrem Mann dankbar sein musste.

Während der Studienjahre war sie vor Freundschaften zurückgeschreckt, so überlebte sie. Jede Begegnung mit Menschen stürzte sie in Abgründe. In der Mensa, in den Bibliotheken und Instituten saß sie für sich. Dass manchmal einer den Kopf hob, dass man manchmal einem zunickte, das musste doch genügen. Einer saß ein Wintersemester lang im Institut für Zeitgeschichte, sie hatte Bücher vor sich gestapelt, er bat sie, ihm eines zu leihen. Weil er unentwegt hustete, schob sie ihm Hustenzuckerl über den Tisch. Manchmal verließen sie gleichzeitig das Institut, sie hatten denselben Weg, er redete viel. Im nächsten Semester besuchte sie ein Seminar über den Dreißigjährigen Krieg, am Ende der ersten Veranstaltung wechselten sie ein paar Worte, ab da sahen sie sich häufiger. Einmal waren sie im Burggarten, sie las ihm etwas vor, die Beschreibung einer Schlacht bei Grimmelshausen, er lag neben ihr in der Wiese und betrachtete sie von unten herauf.

»Weißt du, ich liebe dich«, sagte er.

Sie ging mit ihm in seine WG, er hatte ein Zimmer unter

dem Dach, eine Dachkammer, und darin ein Bett wie einen Kasten, in dem lag man eng und als könnte man durch die Nacht segeln. Sie war nicht auf der Hut und ließ sich berühren, das verpflichtete sie. Noch bevor sie mit ihm schlief, fantasierte sie ein Leben nah an den Sternen.

Er brachte ihr Flieder aus den Parks und machte Augen wie ein junger Hund. Er erzählte von einem strengen Vater, beim Sitzen verknotete er die Beine oder schlang sie um die Stuhlbeine, ihre Liebe würde ihn erlösen. Schließlich schlief sie mit ihm. Als es vorbei war, sah er sie wie feindselig an, sie wusste nicht, was sie fühlen sollte, er schlief noch einmal mit ihr, das hieß doch etwas, aber was. Wie lange dauerte es, bis sie begriff, dass sie die Jämmerliche, die Bedürftige war, wieder. Sie ließ es zu, dass er zu ihr kam, ihren Körper gebrauchte, von ihr zu anderen Frauen ging, wiederkam. Wenn er nur ihre Liebe sehen könnte, dachte sie, und ihre Hingabe. Es war das aber nicht, was er wollte, und auch nicht richtig, wie sie war.

Er war kein guter Liebhaber, es änderte nichts an der Gier ihres Wollens. Weil er sie berührt hatte, gehörte sie ihm, Körpertier. Sie erzählte ihm von den Narben, das schien ihn zu alarmieren, danach war er wochenlang verschollen, sie hing ihm trotzdem weiter an. In einem Willensakt löste sie sich nach einem Jahr von ihm. Sie hatte sich aufs Jämmerlichste preisgegeben, wieder, das würde nie mehr sein. In kalter Normalität überleben.

Ihr sanfter Sohn. Und ihr Mann, der mit Gregor im Garten arbeitete. Sie gruben die Beete um, das war wegen des Dauerregens im März nicht möglich gewesen.

»Was willst du haben?«, fragte Bernhard sie im Jänner, im Februar, »das Übliche«, sagte sie und meinte damit Zwiebeln, Karotten, Erbsen, Salat, Radieschen, Fisolen und Zucchini.

»Welchen Salat? Feldsalat, Kopfsalat, Eisbergsalat, Rucola, Chicorée? Lollo Rosso? Radicchio? Wilde Rauke?« Dann probierten sie neue Sorten, weil er eine Freude hatte, wenn sie gediehen.

»Wir könnten ein paar Maisstauden anpflanzen, eine kleine grüne Hölle«, mit den Kindern waren sie, als sie klein waren, im Herbst durch Maisfelder gegangen.

»Es ist doch aber der gestohlene Mais der beste«, sagte sie.

»Ein paar Krautköpfe, und Kürbis, vielleicht versuchen wir es mit Auberginen, ich bau dir ein Gewächshaus, willst du?«

Er studierte die Angebote der Arche Noah, und im Sommer, im Herbst aßen sie Scheibengurken und Haferwurzeln, chinesische Gemüsemalve und Speisechrysanthemen oder Erdkirschen, die waren klein und schmeckten süß. Sie verkochte grüne und rote Tomatillos in Saucen und zu Chutneys, sie würzte die Salate mit Löffelkraut und legte orange Pfefferoni ein. Für die Bienen pflanzten sie Melisse, für die Hummeln und Vögel Weberkarden, das Kräuterbeet duftete in einem wilden Durcheinander und immer blühten wogend Blumen.

Sie hatte eine Woche gebraucht, um sich bei Bernhard zu entschuldigen. Am Ostermontag waren sie spät nach Hause gekommen, sie hatte die Koffer ausgepackt und sich um die Wäsche gekümmert, während Bernhard Nina in ihre WG brachte. Sie hatte im Schlafzimmer auf ihn gewartet, er hatte aber noch in der Küche herumgekramt, ferngesehen, darüber war sie eingeschlafen. Und dann hatte sie keinen Moment mehr gefunden, wo sie hätte sagen können, was zu sagen war. Wenn sein Blick sie traf, verschloss sich etwas in ihr, wie trotzig. Am Samstag arbeitete Bernhard im Garten, er lichtete das Dickicht der Büsche aus. Sie ging mit einem Glas Wasser zu ihm hinaus.

»Es tut mir leid, was ich gesagt habe.«

Er ließ die Baumschere sinken, er fuhr sich mit dem Arm übers Gesicht, er nickte. Er trank das Wasser, er gab ihr das Glas zurück. Er setzte die Baumschere wieder an. Ein Ast fiel zu Boden, eine Amsel pickte einen Wurm.

Dass sie, wenn sie Gregor ansah, vielleicht Bernhard sah, wie er gewesen war, als sie ihn noch nicht gekannt hatte. Das Ungeschickte, das bei Gregor war, das Ungelenke, das ihn überfallen hatte, als er kein Kind mehr war, und wie in seinen Bewegungen etwas Verhaltenes war. Dass sie Gregor hatte beschützen wollen, vom ersten Tag an. Auch das war in ihren Armen, in ihrer Brust: die erste Berührung.

21

Manchmal ging Leni mit Dora in die Stadt. Sie brauchte nichts und sie suchte nichts in der Stadt, aber sie konnte eine halbe Stunde mit Dora gehen und vielleicht saßen sie noch auf der Mauer, die den See entlangführte. Wenn Dora sich dann mit Dieter traf, lief Leni in der Stadt herum, die ihr fremd war, wenn sie alleine unterwegs war. Schwäne bei den Schiffsanlegestellen, das Glockenspiel auf dem Hauptplatz, die Fotos in den Kinoschaufenstern, sie ging in die Buchhandlung und blätterte in Büchern, vielleicht kaufte sie eine Karte, die würde sie Dora schreiben, das tat sie aber dann doch nicht. Regen fiel, ein Wind blies, um den Berg lagerten sich schwere graue Wolken und der See trug gischtende Schaumkronen. Etwas spaltete sie. *Was bin ich für dich,* schrieb sie. *Weil du Mitleid hast.*

Nichts an Dieter gefiel ihr, als sie ihn das erste Mal sah, nichts an ihm war gut für Dora. Wie er Dora küsste, so, dass es Leni ekelte. Er war älter als Dora, er trug Ketten mit Steinen und Ringe an den Fingern und seine Hände waren fleckig.

»Liebst du ihn denn?«

Dora lachte. Was für eine dumme Angewohnheit, sich zu verlieben.

In eine Person fallen wie in einen Abgrund, dachte Leni, sich in einen Abgrund verwandeln, in den man gemeinsam fallen konnte. Die Gefahr nicht scheuen. Das Lebensgefährliche, dem man sich ausliefern musste, um die Liebe zu erringen.

Wenn Dora von den Ausgängen zurückkam, war sie wie fiebrig manchmal, und ihre Augen waren gerötet. Sie sagte »vögeln« und »geil«; »du magst ihn nicht«, sagte sie zu Leni, »ich brauch ihn aber«.

»Er verkauft euch Drogen.«

»Du hast doch keine Ahnung, Lene, red nicht über etwas, das du nicht verstehst.«

Dass ich dich verliere dich verliere dich verliere.

»Warum heulst du jetzt? Herrgott noch einmal, Lene, hör auf zu heulen.«

Einmal war sie im Esplanadencafé gewesen, dort traf sich Dora mit ein paar Leuten vom Kulturkreis. »Schau vorbei«, hatte sie gesagt. »Vielleicht ist das ja was für dich.«

Leni hatte ihren blauen Faltenrock angezogen und einen hellen Pullover und obwohl es ein kalter und regnerischer Tag Ende November war, hatte sie nicht die Wollstrumpfhose, sondern eine Seidenstrumpfhose angezogen, die lag glatt auf ihrer Haut. Sie stand lange vor dem Café, ein böiger Wind ließ sie frieren, endlich schob sie die gläserne Tür auf, dahinter war eine Art Stille. Durch die Fensterfront sah sie den See, der von Wind und Regen aufgewühlt war, aus einem weiter hinten gelegenen Raum hörte sie Doras Stimme, kratzig, und wie mürbe.

Die Mädchen, die um den Tisch saßen, auf dem die Aschenbecher überquollen, hatten die Haare gefärbt, schwarz oder hennarot, sie trugen weite Hemden oder formlose Kleider und Kajal dick um die Augen. Keins der Mädchen trug einen Faltenrock, oder einen hellen Pullover, die Burschen sahen aus wie Männer.

Leni setzte sich an ein Tischeck. Das Mädchen neben ihr

redete von Literatur und Theater, von Staatsterrorismus, Leni bestellte einen Apfelsaft. Später ging sie aufs Klo, sie sah sich lange im Spiegel an. Weil sie ihren Mantel nicht mitgenommen hatte, musste sie wieder zurück. Dora sah kurz auf, einer fragte Leni etwas, aber sie floh, ohne sich zu verabschieden.

»Du bemühst dich noch nicht einmal!«, sagte Dora später. »Mit dem Alex wenigstens hättest du reden können, der ist total in Ordnung.«

»Ich hab geglaubt, wenn du da bist, dass du mit mir redest.«

»Aber ich bin nicht für dich zuständig! Ich kann das nicht, und ich will das auch nicht, nur mit einer Person sein. Das erstickt mich«, sagte Dora. »Du erstickst mich.«

Weil Johanna immer noch nicht mit ihr redete und die Freundinnen auch nicht, »das ist ja pervers, was die zwei haben«, hatte Johanna zu den Freundinnen gesagt, so, dass Leni es hören konnte, »total pervers«, also las sie, wenn sie in ihrem Zimmer war, oder sie kritzelte in ein Heft, eine wogende rollende See, und Liebende, die in finsterer Nacht an Felsen zerschellten.

»Komm mit in die Stadt«, sagte Dora in der Woche vor Weihnachten. Der Schnee knirschte unter ihren Stiefeln, die Luft war klar und kalt, sie bliesen Atemwölkchen aus. Am Wasser, das aussah, als hätte es die Kälte blaugefroren, fütterten sie Enten und Schwäne mit dem Brot, das sie beim Frühstück mitgenommen hatten.

Dass in den Bergen, sagte Leni, der Schnee schon meterhoch lag. Dass sie oft eingeschneit gewesen seien, dann seien ihr Bruder und sie mit dem Schlitten vom Dachbodenfenster aus übers Dach und mit einem Schwung hinunter ins Dorf gefahren.

»Du schwindelst«, sagte Dora.

»Wenn du es nicht glaubst, kannst du es ja selber ausprobieren.«

»Ist das eine Einladung?«

Leni warf das letzte Brotstück ins Wasser.

»Sag, ist das eine Einladung?«

»Wenn es dir nicht zu einfach ist bei uns?«

Wenn Dora lächelte, kerbten sich ihre Wangen. Sie bückte sich, sie grub die Hände in den Schnee, sie bewarf Leni, die kreischend davonlief, mit Schnee, der rutschte Leni in den Kragen und kalt den Rücken hinunter, dass sie wieder kreischte. Am Hauptplatz kaufte Dora Leni ein Lebkuchenherz, es roch nach Honigwachs, »da ist Alex«, sagte Dora, »er schenkt Punsch aus«.

Leni erkannte den Burschen wieder, mit dem sie im Esplanadencafé nicht geredet hatte. Er winkte, als Dora auf ihn zukam, sie wechselten ein paar Worte, er schenkte ihr zwei Becher Punsch ein, er sah ihr nach, als sie zu Leni zurückging.

Dass sie gerne Kringel würde atmen können, sagte Dora beim dritten Punsch. Wie beim Rauchen. Und warum, was beim Rauchen ging, nicht auch beim Atmen ging, das wollte ihr nicht in den Kopf. Sie tranken auf Weihnachten, auf die Rodelfahrten, Alex stellte zwei dampfende Becher auf den Stehtisch. Ob sie denn noch einen vertragen würden? Leni winkte entsetzt ab, Dora, die sich an sie lehnte, ich brauch einen Halt, Lene, willst du mein Halt sein?, Dora lachte.

»Die Lene«, sagte sie, »die Lene ist nicht so eine verkommene Person wie ich. Die Lene ist eine Feine, die spürt was, verstehst du, ein wenig zu viel manchmal, vielleicht spürst du einfach zu viel, Lene? Vielleicht«, in Doras Atem waren

Orangen und Zimt, »vielleicht solltest du weniger spüren, aber dann wärst du nicht mehr meine Lene.« Orangen und Zimt und Augen wie Schilf.

»Und du«, sagte Dora, »was bist du für einer?«

»Finde es heraus.« Alex' Lächeln vertiefte sich.

Dora legte einen Finger auf seinen Mund. »Ich glaube, ich mag dich«, sagte sie.

Das Lächeln verschwand. »Wenn du mir das auch noch sagst, wenn du nichts getrunken hast.«

»Also morgen«, sagte Dora. »Sehen wir uns morgen?«

»Alex«, sagte Dieter, der hinter Dora aufgetaucht war. »Du wilderst. Das ist nicht dein Revier.«

Alex nahm seinen Blick nicht von Dora. »Morgen?«

Dora zuckte die Schultern. »Mal sehen.«

Alex nahm die leeren Häferl, die klirrten, als sie aneinander schlugen. Er nickte Dora und Leni zu und wand sich durch das Gewühle zum Punschstand durch.

»Lass uns abhauen«, sagte Dieter.

In einer Schwade, die Leni übel machte, wehte der Geruch von Knoblauch und heißem Fett herüber. Dora sagte etwas, das hörte sie nicht, aber als quöllen, Doras Lippenstift war verschmiert, Worte wie Würmer, dachte Leni, die wanden sich aus Doras Mund.

»Was heult sie?«, sagte Dieter. »Die ist ja noch jämmerlicher, als du gesagt hast!«

Dora zog Leni zu den Kastanien am Rand des Weihnachtsmarkts, unter denen hing schon die Dämmerung. »Es macht dir doch nichts aus, wenn du alleine zurückgehst, oder?«

Blau, grün, gelb und rot glühten Lichter in den Zweigen der Bäume, sanfter Spott, du hast doch nicht wirklich gedacht, dass du gemeint warst.

»Was ist jetzt wieder, Lene?«

»Du hast gesagt, wir verbringen den Nachmittag zusammen.«

»Aber das haben wir.«

»Du hast gesagt, wir bleiben bis zum Abend.«

»Es ist Abend. Wir haben Spaß gehabt, warum bist du jetzt so?«

Worte wie Würmer und eine aufschießende Wut und Verzweiflung.

»Du meinst: Die arme blöde Lene hat ihren Spaß gehabt und jetzt soll sie gehen, damit du wirklichen Spaß haben kannst. Du willst ja gar nicht mit mir sein! Du willst lieber mit allen anderen sein, das ist doch so!«

»Hör dich einmal selber reden!« Eine steile Falte stand zwischen Doras Augen. »Das muss ich echt nicht haben! Es macht tatsächlich keinen Spaß, wenn du so bist.«

»Aber mit diesem Scheißdealer, mit diesem Superarschloch, mit dem hast du Spaß?«

Dora musterte sie, als wäre sie ein sehr verächtliches Wesen. Sie wandte sich ab und stapfte durch den Schnee zurück. Eine Kälte kroch in Leni hoch.

»Nicht«, sagte sie, als sie Dora eingeholt hatte. »Geh nicht weg.«

Dora blieb stehen. »Hör zu. Ich hab genug für heute. Wie kommst du darauf, dass ich mich vor dir rechtfertigen müsste?« Sie wandte sich zum Gehen, drehte sich aber noch einmal um. »Und vergiss Weihnachten. Das war ja wohl eine Schnapsidee.«

»Aber ich hab doch recht«, Leni wischte sich Tränen aus dem Gesicht, »und du weißt es, er ist nicht gut für dich.«

Dora machte einen Schritt auf Leni zu, dass ihr Gesicht, das war sehr bleich, ganz nah an ihrem war. »Und du?«, zischte sie. »Denkst du, du wärst gut für mich? Mit deiner ewigen Heulerei? Mit deinem ewigen Anhängen? Das brauch ich nicht, klar? Ich weiß nicht, warum ich mich überhaupt darauf eingelassen habe.«

»Und was«, schrie Leni, »was brauchst du von dem grauslichen Menschen? Er macht dich auch grauslich, was willst du von ihm?«

»Das war's«, sagte Dora. »Hau ab. Verschwinde. Geh zurück in deinen Stall!«

In den kahlen Bäumen blinkten die Lichter. Gurgelnd schlug der See an die Ufermauern.

22

Die Runde mit den Schriftstellern war ein Desaster gewesen.

Würde der Abend, dachte Helene, sich zwischen den Regalen, den Reihen von Büchern, in der Dämmerung der Lesesäle verlieren, hinabsinken, wie nie gewesen – sie hatte aber einige Kulturjournalisten im Publikum entdeckt, Suzana hatte gute Arbeit gemacht. Wie würden sie titeln? »Blutrausch in der Wiener Hauptbücherei«? »Da werden Schriftstellerinnen zu Hyänen«? »Überforderte Moderatorin, peinliches Schauspiel«? Helene knirschte mit den Zähnen.

Nie wieder!, schwor sie sich, nachdem sie endlich die Schlussworte gesprochen hatte, blödsinnige Danksagung für die »unter Einsatz von Leib und Leben« geführte Diskussion. Dass allen, die da meinten, die Gegenwartsliteratur sei eine zahnlose, heute eindringlich vor Augen geführt worden sei, dass zumindest die Schreibenden ihre Sache mit den nicht nur metaphorischen Zähnen und Klauen vertreten würden. – Was für ein Schwachsinn! Und als ob das irgendjemanden täuschen könnte!

Wie hatte ihr die Moderation so entgleiten können.

Schon während des Studiums hatte sie festgestellt, dass sie, sprach sie über Literatur, wortgewandt und souverän agieren konnte. Im Lauf ihrer weiteren Ausbildung hatte sie die Fähigkeit entwickelt, oder freigelegt, anderen in Diskussionen über Bücher einen Platz im Gespräch zuzuweisen. Was sie für eine allumfassende Schüchternheit gehalten hatte, wann war ihr die zugewachsen?, ihre elende Scheu, war beherrschbar, wenigstens partiell. Sie konnte, für die Dauer des Gesprächs, sich selbst ausknipsen und eine andere Helene hervorholen.

»Als wärst du in einem Licht«, hatte Bernhard einmal gesagt. »Das ist schön, weißt du.«

Diese andere Helene verschwand meistens schon beim anschließenden Smalltalk, wenn nicht mehr die Bücher im Mittelpunkt standen, wieder hinter Schleiern von Befangenheit, aber sie schien, jedenfalls bis zu diesem Abend, jemand zu sein, auf den sie sich verlassen konnte.

Und jetzt das.

Sie würde Karl bitten, die noch geplanten Veranstaltungen zu übernehmen, Karl, der sie im Vorübergehen angezischt hatte, wer dafür verantwortlich gewesen sei, dass während der Diskussion Wein ausgeschenkt worden war, »als wüsstest du nicht, dass beide ein Alkoholproblem haben!« Es waren aber der arrivierte Schriftsteller und die Nicht-mehr-ganz-Jungautorin schon ordentlich beschickert angekommen, im besten Einverständnis, das hatte sich dann schnell geändert.

Während sie sich, um Schadensbegrenzung bemüht, um den verstörten Debütanten kümmerte, sprang Gelächter am Büffet auf. Karl hatte sich zu den Kampfhähnen von vorhin gesellt, die jetzt wieder ihr Einverständnis herzustellen schienen, Umarmungen, Küsschen, die Nicht-mehr-Jungautorin hing wieder am Arm des arrivierten Schriftstellers, schwankend hielten sie sich aneinander fest.

»Mondphasen«, flüsterte Justin, der plötzlich neben ihr stand, todernst. »Und wahrscheinlich muss er ihr heute noch seine Potenz beweisen.«

Es war falsch gewesen, ein großes Sofa für die drei Gäste zu wählen. In den Ecken hatten der Schriftsteller und die Autorin gelauert, dazwischen hockte, unglücklich, der Debütant. Sie hatte die Runde und ihre zuletzt erschienenen Werke vorgestellt. Der Schriftsteller und die Autorin, die, obwohl sie schon mehr als zehn Jahre publizierte, immer noch mit dem Etikett »Jungautorin« versehen wurde, hatten von ihren Erfahrungen mit Kritik und Kritikern berichtet, dazwischen hatten sie sich eifrig nachgeschenkt.

Dass doch die Literaturwissenschaft für die Literatur da sei, sagte der arrivierte Schriftsteller. Und nicht umgekehrt. Die Literaturwissenschaftler könnten bei den Schriftstellern lernen, was alles Literatur sein könne. Stattdessen – er prostete der Autorin zu – stattdessen stellten sich die Rezensenten ins Rampenlicht um zu beweisen, dass sie und ihre Klugheit weit über dem Geschreibsel der armseligen Literaten stünden. Die Autorin nickte zustimmend, Wein gluckerte ins Glas.

Bei der Besprechung seiner Werke, hatte Helene gesagt, falle auf, dass das Urteil über die Person des Autors sehr oft das Urteil über die Texte überschatte. Man habe ihn in seinen frühen Jahren als *Naseweis* beschimpft und als *Oberstlehrer*, neuerdings nenne man ihn *hypochondrisch* und *neurotisch*, *misanthrop* und *larmoyant*. Seine Texte, so sei zu lesen, seien *ganz dumme und läppische Prosa* oder auch *hochfahrende, komplizierte, anstrengende, überintellektualisierte Schreibe* – wie gehe man damit um? Kränkten solche Urteile nicht?

Der arrivierte Schriftsteller hatte sich schnaubend zurückgelehnt.

In seinen Romanen, hatte er gesagt, gehe es ihm um das Spiel mit der Wirklichkeit. Es gehöre zu seinen bedrückendsten Erlebnissen als Schriftsteller, dass so etwas einfach nicht verstanden würde. Er habe aber gelernt, sich von negativen Rezensionen nicht treffen zu lassen.

Die Autorin hatte in ihr Glas gekichert. Sie habe einmal, hatte sie gegluckst, auf eine vernichtende Buchbesprechung hin gesagt, wer ihre Bücher ablehne, sei des Teufels. Das habe man ihr sehr übelgenommen. Es habe sich aber der Rezensent später bei ihr entschuldigt, nicht öffentlich, aber immerhin. Vielleicht habe er Angst gehabt. Verfügten denn Schriftsteller nicht über das Wort und das Wort sei Fleisch geworden, nicht wahr. Sie hätten doch eine Macht, vielleicht habe er das gedacht, der Herr Rezensent, seien sie nicht – jetzt prostete sie dem Autor zu – seien sie nicht Worthexen, Wortzauberer, und wirkmächtig in der Welt?

Der arrivierte Schriftsteller hatte ein schnalzendes Geräusch gemacht, eine Handbewegung, du meine Güte, hatte Helene gedacht. Wirkmächtig!

Der Debütant schwitzte in seinem Wolljackett und nagte an der Unterlippe.

»Ihr Roman«, hatte sie, sich ihm zuwendend, gesagt, »hat in den letzten Wochen Furore gemacht.« Die Wellen in der literarisch interessierten Öffentlichkeit seien hoch geschlagen, das Echo auf den Roman sei außergewöhnlich positiv. Von einem *Jahrhundertroman* sei die Rede, *krude, gewalttätig, zärtlich,* von einem Werk, das *aus dem Himmel, aus der Hölle gefallen* sei. *Alptraumhafte Erschütterung*, schreibe einer, *eine Intensität des Erzählens, die ihresgleichen sucht, Kafka meets Dante meets Homer* – wie lebe es sich mit dem plötzlichen Ruhm?

Der Debütant hatte sie angestarrt, als wäre er eingefroren, schließlich hatte er Unverständliches gehüstelt. War ihr in diesem Moment die Kontrolle entglitten?

Nach der Lektüre des Romans, nach dem mit witzigen Aperçus gespickten E-Mail-Verkehr hatte sie mit jemandem gerechnet, der auch in der Öffentlichkeit glänzen würde. Eine große Wut hatte sie erfasst: Sie würde an der Stummheit und an der Menschenangst des Debütanten scheitern.

»Ja«, hatte er auf ihre weiteren Fragen gesagt, »nein«, »ich weiß nicht.«

Sie fiel in die Stummheit des Debütanten wie in ihre eigene.

»Der Ruhm ist eine Glückskatastrophe«, hatte sich der arrivierte Schriftsteller vernehmen lassen. »Für einen so jungen Menschen wahrscheinlich nur eine Katastrophe.«

Er hatte sich zum Debütanten gebeugt, der in den plüschroten Tiefen des Sofas zu verschwinden schien. Er müsse, hatte der arrivierte Schriftsteller gesagt, er müsse erst einmal mit sich selber mithalten können, das werde ihm die Kritik nicht erlauben. Er werde meinen, um Erfolg zu haben, müsse er so weiterschreiben – damit verrate er aber sich selbst. Lobhudeleien verdürben, er hatte eine Geste zum Sofaeck hin gemacht, in dem die Autorin kauerte, wie man am Beispiel der Kollegin sehen könne, den Charakter und das Schreiben. Stillstand, künstlerischer Tod um den Preis des Erfolges. Der Debütant möge sich nicht um die Kritik kümmern. Sein zweites Buch werde man ihm jedenfalls vorwerfen, das sei sich die Kritik schuldig.

Der Debütant hatte an seiner Unterlippe genagt, Hamster, und geschwitzt und geschwiegen. Helene hatte vom einen zum anderen geschaut, sie hatte das böse Funkeln in den Augen des Schriftstellers gesehen, sie hatte das Zischen der Autorin gehört, Kampfruf, sie hatte das sich ankündigende Unheil, das Verhängnis gespürt, es war ihr nicht möglich gewesen, sich dagegen zu stemmen.

»Wenn wir«, die Autorin hatte sich aufgerichtet, »wenn wir Ihrer These folgen, dass es in der Kunst darum geht, Persönlichkeit in Ästhetik zu verwandeln, dann erklärt das wahrscheinlich die zunehmende Unerträglichkeit Ihrer Texte, sabberndes Geschwafel eines alternden Wüstlings.«

»Weinerliches Reflexionsgejaule!«, hatte der arrivierte Schriftsteller geschnauft.

»Schreibimpotenz!«, zischte die Autorin.

»Klebrige Mädchenprosa!«

Und dann hatte sich die Autorin auf den Schriftsteller gestürzt, über den Debütanten hinweg hatte sie sich ins andere Eck gehechtet und hatte ihre Zähne in den Hals des Schriftstellers gegraben, und Helene hatte entsetzt auf das Schauspiel gestarrt, das sich ihr bot, eine knurrende, zähnefletschende Autorin und ein Schriftsteller, der Autorinnenhaare in Büscheln ausriss und Unflätiges von sich gab.

Bernhard, dem sie von ihrer Niederlage berichtete, Bernhard lachte.

Schriftstellerwrestling! Das sei ja höchst amüsant! Sie könnte daraus eine eigene Reihe machen, »Schlagkräftige Literaten«.

Er finde das also witzig?

Große Unterhaltung, natürlich! Intellektuell in der Schlussphase vielleicht nicht mehr sehr anspruchsvoll, aber sie könne nicht leugnen, dass der Anblick von körperlicher Entfesselung und seelischer Entblößung – doch, das habe etwas.

Es sei blamabel gewesen. Und peinlich. Ganz und gar lächerlich. Und sie sei dafür verantwortlich.

Es sei doch nicht ihre Schuld, wenn die zwei sich danebenbenommen hätten.

Als ob es um Schuld ginge. Beschämende Entlarvung, wieso sah Bernhard das nicht?

»Ich hätte das verhindern müssen. Es macht auch mich zu einer lächerlichen Person.«

Bernhard klickte wie ungeduldig mit der Zunge. »Nimmst du dich da nicht ein wenig zu wichtig?«

»Ach?« Sie fasste ihn ins Auge. Ihr schien, das hatte sie schon lange nicht mehr gemacht. Oder noch nie.

»So siehst du das? Dass ich mich zu wichtig nehme? Dass ich meine Arbeit zu wichtig nehme? Die macht aber aus, wer ich bin.«

Etwas kochte in ihr hoch, sie sollte dem Einhalt gebieten, das wusste sie noch, bevor sie sich dem Roten, Wütenden ergab.

»Meine Arbeit ist das Einzige in meinem Leben, hörst du, das absolut Einzige, das genau so ist, wie ich es gewollt habe. Alles andere hat mich doch nur überrumpelt, als ob du das nicht wüsstest!«

Sie lauschte den Worten nach, die sie Bernhard entgegengeschleudert hatte und der Stille, die ihren Worten folgte.

»Ist das so«, sagte Bernhard, seine Augen waren sehr hell. »Das habe ich nicht gewusst. Das habe ich tatsächlich nicht gewusst.«

Das scheue stumme Mädchen, das sie gewesen war. Weil ihr die Einsamkeit Löcher in die Haut gebrannt hatte, weil er freundlich zu ihr war, hatte sie mit ihm geschlafen. Weil sie nicht liebte, war sie in keiner Gefahr. Sie hatte Mitleid mit ihm gehabt, er schien sie zu mögen, vielleicht liebte er sie auch, auf eine Art, und wenn das möglich war nach so kurzer Zeit. So lange es dauert, hatte sie gedacht, so lange sie zusammen sein würden, das würde ja nicht für ewig sein, und vielleicht konnte sie ihm etwas zurückgeben. Dann war er es aber gewesen, der Mitleid haben musste mit ihr, hatte sie ihm das jemals verziehen. Und dass sie das geworden war, eine verheiratete Frau mit zwei Kindern, dass sie sich dem aussetzen musste, der Umzingelung von Menschen, denen sie verpflichtet war.

Wie lange hatte sie darüber nachgedacht, Schluss zu machen. Und warum auch nicht. Nina würde sie nicht vermissen, nicht sehr. Auch Bernhard nicht, und wäre es nicht eigentlich eine Befreiung für ihn. Immer und immer, noch Jahre nach der Heirat war ihr gewesen, als müsste es leichter sein zu sterben als dieses Leben zu leben, von dem andere sagten, dass es ein gutes war. Erst als Gregor auf die Welt gekommen war, war auch sie wieder in die Welt hineingerutscht, das waren die guten Jahre gewesen.

23

In den Weihnachtsferien war Leni alleine nach Hause gefahren. Der Himmel, unter dem sie lebte, war kalt, wie erfroren. Es war eine große Anstrengung, so zu tun, als wäre das sie, die den Baum schmückte, die mit den anderen am Tisch saß, die mit den Kleinen spielte. Einmal ging sie weit hinaus. Wo der Wald zu Ende war, legte sie sich in den Schnee. Dass der Wind ihr den Atem nehmen sollte, dachte sie. In einen Schlaf fallen, in ein Vergessen, dass sie den Schnee mit ihrem Blut färben würde, ausbluten, das müsste süß sein, im Schnee liegen, der rot war von ihrem Blut und der Wind trug ihren Atem davon.

Nach den Ferien saß Dora in der letzten Reihe neben Henriette. Hatte Leni gehofft, dass sie in eine Freundschaft mit Dora zurückfallen könnte, das war aber nicht so. Im Unterricht liefen ihr Tränen übers Gesicht, die Kogler starrte sie an, sagte aber kein Wort, sie war unsichtbar geworden. Eine Woche und noch eine, sie war sich selbst nicht mehr von Bedeutung, darüber dachte sie nach, wenn sie im Bett lag, sich zur Wand drehte, während die Freundinnen redeten, aber nicht mit ihr, dunkle lockende Leere.

Jemand hatte eine Nachttischlampe aufgedreht, warum stach ihr Kopf so böse, »ist dir kalt?«, fragte Gerlinde, »bist du krank?«, dass sie zitterte, merkte sie erst dann, dass etwas sie im Griff hatte, dass sie wimmerte.

»Wir holen die Wildner«, sagte eine, »nicht die Wildner«, sagte Johanna.

Der Februar war klar und frostig. Auf dem Tennisplatz hinter dem Schloss wurde Wasser gespritzt. Dora zog Leni auf dem Eis hinter sich her, ihr Lachen stieg – ein Nebel – in die Luft. Auf dem See trieben Eisschollen. Dass ins Unglück gefallene Mädchen ins Wasser gegangen waren, erzählte der Hummel in Deutsch, ins Unglück gefallen, dachte Leni, und dass das Wasser doch mit einer Eiseskälte schneiden musste. Wenn Leni nicht mit Dora war, bestürmte sie eine Angst.

»Was soll ich mit dir tun?«, hatte Dora gesagt. »Ich mag dich. Ich mag es, wenn wir reden. Du bist eine Besondere für mich. Aber du kannst nicht mich für dich verantwortlich machen. Mach das nie wieder.«

Sie wollte die sein, die sich Dora dachte, dann müsste sie doch richtig sein. Als würde Doras Freundschaft sie in eine verwandeln, die leben könnte. Als könnte sie eine Erlöste sein.

In Französisch lasen sie von einer Stadt unter einer tödlichen Sonne, in Englisch schrieben sie Aufsätze über die Todesstrafe, den Generationenkonflikt, »wir müssen mit dem Stoff fertig werden«, sagte die Kogler in Geografie. In Geschichte sprachen sie über den Holocaust. Aber wo war Gott gewesen? Es hätte doch, dachte Leni, ein Abgrund sich auftun müssen.

Seit dem Abend, an dem Johanna Dora geholt hatte, ging Leni, als hätte sie eine Pflicht zu erfüllen, mit Johanna wieder den Weg in die Fliegerschule, ins Schloss, in ihr war eine große Unruhe. Als füllte sie etwas Monströses, mit dem hielt sie Zwiesprache, wenn sie alleine war.

Ende Februar hatte Dora Geburtstag, der fiel auf einen Sonntag. Leni hatte Geld gespart, sie war in die Stadt gegangen und hatte eingekauft, Eier und Käse und Schinken, Oliven und Artischocken, sie hatte noch nie Artischocken gegessen, oder Oliven, aber Dora hatte davon geschwärmt. Sie hatte Sekt gekauft und Orangensaft, einen Band Erzählungen, und Zigaretten, es sollte alles da sein. Sie deckte den Tisch in der Teeküche, sie stellte Kaffee auf, etwas machte ihr bang. Tränen, die sie wegwischte, sie weckte Dora.

»Du musst nicht so viel tun, weißt du«, sagte Dora. »Ich habe auch nicht viel Zeit, ich bin heute beim Alex.«

Weil ihr wieder Tränen aufstiegen, schenkte Leni Kaffee ein.

Dora blätterte im Buch, sie las die Karte, die Leni geschrieben hatte, *du hast mir doch mein Leben neu geschenkt,* die steile Falte auf Doras Stirn.

»Freust du dich nicht darüber?«

»Schon. Oh ja. Sehr.« Sie sah auf die Uhr.

Das Prickeln in den Gläsern, und wie sie in Doras Lächeln fiel.

»Den Sonntag mit Sekt beginnen, das hat schon was.« Dora schnupperte an den Zigaretten. »Eigentlich kann mir jetzt keiner mehr was dreinreden. Eigentlich müsste ich jetzt tun können, was ich will.«

»Und was wäre das?«

»Die Schule schmeißen. Den ganzen Schmarrn hier sein lassen. Am liebsten wäre ich weit weg. Ganz woanders, nur nicht hier.«

Leni wickelte Schinken und Käse in die Verpackungen, sie räumte die Sachen zurück in den Kühlschrank.

»Was ist jetzt, Lene?«

»Nichts.«

»Habe ich was Falsches gesagt?«

Leni schüttelte den Kopf.

»Ich rede doch immer nur. Hast du das noch nicht gemerkt, ich rede groß, und was tu ich?«

Später saß Leni in einer Klasse und beobachtete den blauen Schatten, der über den Berg und den See zog. Es brach etwas auf in ihr, das war kaum zu kontrollieren.

Eine Daueranstrengung war, nicht zu weinen. Es wohnte eine in ihr, knapp unter ihrer Haut, die atmete ihren Atem, die kroch, wenn sie nicht aufpasste, in ihre Augen. *Wer denkt mich. Ich weiß nicht mehr, wer wir sind.* Als wäre das Fremde in ihr eine Auszeichnung, ein heimlicher Stolz. *Wie sich der Tod mir ins Haar wühlt und unter die Haut, wie er in mir wohnt, wild und süß hat er sich mir unters Herz gelegt und flüstert heimliche Worte schwarz mir ins Blut.* Manchmal brachte sie, was nicht mehr zu tragen war, zu Dora. Die Erschöpfung machte sie ruhig.

Am Maturaball trug Dora einen Hosenanzug aus schwarzem Samt, um den Leni sie glühend beneidete. Die Mädchen des Eröffnungskomitees waren in Weiß gekleidet, fließende Stoffe, Röschen am Ausschnitt. Johanna, Maria, Gerlinde, Ursula hatten sich ähnliche Kleider in unterschiedlichen Farben gekauft. Leni trug ein schwarzes Kleid, das hatte ihre Mutter geschneidert, sie hatte sich darüber gefreut, bis sie die Kleider der anderen sah.

»Du verstehst doch, dass wir nicht kommen«, hatte der Vater gesagt, »die weite Fahrt, die Kleinen, und wir müssen in den Stall.«

»Noch mehr Geld ausgeben, das wir nicht haben«, sagte die Mutter, »das geht nicht.«

Der Vater hatte ihr beim Abschied einen Hunderter in die

Hand gedrückt, »vielleicht kommt ja der Hans«, hatte er gesagt, »ich red noch einmal mit ihm«.

Aber der Bruder war nicht gekommen und Leni saß den ganzen Abend neben den Müttern der Freundinnen, wenn jemand sie zum Tanzen aufforderte, sagte sie: »Später.«

»Amüsierst du dich?«, fragte die Wildner, die mit dem Direktor an der Bar stand.

Sie nickte und ging, als wollte sie sich abkühlen, aus dem Hotel. Stimmen in der Luft, und es war doch so gleichgültig, ob sie da war oder nicht.

Manche Lehrer, so schien es, rächten sich jetzt für Demütigungen aller Art, die sie im Lauf der Jahre hatten hinnehmen müssen.

»Das Fräulein Veith bequemt sich vielleicht zu einer aufrechten Sitzhaltung?«

Der Chemielehrer hatte mit den Knöcheln hart auf die Tafel geklopft. »Haben wir noch ein Rückgrat, Fräulein Veith, oder sind wir schon zu den Wirbellosen degeneriert? Und vielleicht schlagen wir unser Buch auf und notieren, was an der Tafel steht, oder ist das jenseits unserer intellektuellen Möglichkeiten? Kaum vorstellbar, dass dieser Kopf von all dem Wissen so beschwert ist, Fräulein Veith, aber ich gebe Ihnen gerne die Möglichkeit, Ihren Kopf zu entlasten, erklären Sie mir doch …«

»Arsch«, sagte Dora halblaut.

»Wollen Sie vielleicht wiederholen, was sich Ihnen so unvergleichlich charmant herausgerülpst hat?«

»Mir ist übel von dem Gestank.«

»Dann machen Sie uns doch das Vergnügen und befreien uns von Ihrer Anwesenheit.«

»Nein«, sagte Dora, »geht schon.«

Der Arsch, schrieb sie in ihr Heft, *der Arsch der Arsch der Arsch.*

»Höfler, geben Sie einen Überblick über das Periodensystem. Welche Eigenschaften der Elemente lassen sich in bestimmten Positionen und Bereichen des Periodensystems finden oder mit ihm voraussagen?«

Der Gruber klopfte wieder an die Tafel, einmal, zweimal, dreimal, Leni blieb stumm, der Gruber lächelte.

»Meine Damen, so wird es nicht gehen, schriftliche Überprüfung am Freitag. Es interessiert mich nicht, was Sie sonst noch zu lernen haben, ohne ein Basiswissen in Chemie werden Sie die achte Klasse nicht positiv abschließen.«

Den Rest der Stunde dröhnte er über Masse und Atomradius, Elektronegativität und Ionisierungsenergie, über die Basizität der Oxide, als er Lanthanoidenkontraktion sagte, brach Dora in ein unkontrolliertes Lachen aus, das Läuten rettete sie vor einer weiteren Klassenbucheintragung.

»Geht's dir nicht gut?«, fragte Leni.

Dora war blass, ihre Stirn war feucht, die Augen wirkten unnatürlich groß. »Ich hab Magenkrämpfe, scheiße, ich leg mich in die Krankenstation.«

»Was ist los?«

»Nichts.« Dora winkte ab. »Ärger mit Dieter, das Übliche. Manchmal geht er mir so auf den Arsch.« Sie grinste. »Aber ich steh drauf, wie wir vögeln, was soll ich also tun!« Dora verzog das Gesicht und presste die Faust auf den Magen. »Bringst du mir was zum Lesen hinüber?«

»Das Chemiebuch?«

»Ja sicher! Das Chemiebuch!«

In der nächsten Stunde war Deutsch, *meine Seele hinheben über dich zu anderen Dingen,* ich steh drauf, wie wir vögeln, hatte Dora gesagt. Wie ihr Weinen in Wellen durch Lenis Körper gegangen war, das war vor langer Zeit gewesen. Vor dem Abendessen ging Leni in die Telefonzelle beim Sprachlabor, sie nahm den Hörer ab, sie warf zwei Schillinge in den Münzschlitz, sie wählte die Nummer, die ihr Dora aufgeschrieben hatte, das Rad ratterte schwarz, als am anderen Ende einer abhob, drückte sie den Zahlknopf.

»Dora ist krank«, sagte sie. »Sie kommt heute nicht.«

Dann war das Leerzeichen in der Leitung und Leni hängte den Hörer behutsam wieder auf.

Dass ich, seit wann weiß ich das, mit dir sein möchte, ganz.

Wochen lebte sie in einer Betäubung. Wochen, in denen sie Dora kaum sah. Die Wildner hatte die strengen Studierzeiten aufgelöst, Dora verschwand nach dem Unterricht und tauchte erst zum Abendessen wieder auf. Manchmal lief Leni in die Stadt. Wenn sie Dora wo sitzen sah, auf der Promenade, in einem Kaffeehaus, mit den Leuten vom Kulturkreis, mit Dieter oder mit Alex, »wie kannst du mit beiden so zusammen sein?«, hatte sie Dora gefragt.

Wenn sie Dora sah, die ohne sie leben konnte, die keinen Gedanken an Leni hatte, drehte sie um. Wie ihr Atmen sie bedrängte, könnte ihr doch jemand den Atem wegmachen.

»Wir müssen an den See«, sagte Dora an einem Tag Anfang April, »wir beide, komm!«

Sie nahmen sich ein Ruderboot, auf dem Wasser sein, was für ein anderes Leben! Wieder war der Himmel hoch und blau, als müsste das so sein, ein Sommertag mitten im April, als schwebte die Welt.

»Ich krieg das nicht auf die Reihe«, sagte Dora. »Dieter und Alex, das Scheißinternat, diese beschissenen Regeln, die verdammte Enge. Dieter ist ein Arsch, du hast ja recht, Scheiße, Lene, ich wäre gerne so wie du, dass ich das alles nicht brauche, beschissene Männer, die Welt draußen, du brauchst das nicht, hab ich recht«, dich, dachte Leni, das durfte sie nicht sagen.

Leni ruderte, sie betrachtete Dora, die hatte die Augen geschlossen, die dunklen Ringe unter ihren Augen, manchmal zuckte etwas um ihren Mund. Später lag Leni im Bug, ihre Hand streifte das kühle Wasser, das Boot schaukelte am Ufer vorbei, und da war das Haus gewesen.

Dass es eine Zeit gegeben hatte, *ein scheuer zitternder Vogel ist mein Herz, du hältst es. Wie mein Lieben sich an deine Seele schmiegt,* was hatte sie sich gedacht, solche Sätze zu schreiben. Und als könnte sie genügen.

24

Sie war schwanger gewesen und ein Leben, wie sie es sich vielleicht vorgestellt hätte, war nicht mehr möglich gewesen. Sie würde von nun an eine sein, die sie nicht hatte sein wollen, das umgab sie schwarz. Sie fuhr mit Bernhard auf den Hof, sie hatten ihr Kommen nicht angekündigt gehabt. Hans hatte sie über den Hof hinweg angesehen, als wüsste er, was los war. Dann waren sie in der Stube gestanden, der Vater hatte Gisi und Franz hinausgeschickt und Helene wäre gerne aus der Stube, aus ihrem Leben verschwunden.

»Wir wollen heiraten«, hatte Bernhard gesagt. Seine Hand hatte die ihre fest umklammert, dass sie verwirrt gedacht hatte, dass er nervös war, aber warum. »Wenn ihr damit einverstanden seid«, hatte er hinzugefügt, als wäre er es, der sich bewerben musste, als könnten ihn die Eltern fortschicken, weil er zu gering war vielleicht. Der Vater hatte sich geräuspert, die Mutter hatte den Vater angesehen, sie hatte Helene angesehen, dann war sie mit ausgestreckter Hand auf Bernhard zugekommen.

»Ich bin die Maria«, und zum Vater hatte sie gesagt, »bring einen Schnaps, Johann. Für die Leni ein Wasser.«

»Du hast Glück gehabt«, sagte sie später, als sie alleine in der Küche waren. »Und dass er dich genommen hat. Schau, dass du es nicht verdirbst.«

Sie waren zwei, drei Tage auf dem Hof geblieben, sie hatten mit dem Pfarrer geredet und das Aufgebot bestellt. Als sie wieder zurück in Wien waren, hatten die Übelkeiten angefangen, Bernhards Eltern lernte sie erst am Tag vor der Hochzeit kennen.

Wenn das Kind erst da wäre, hatte sie in den letzten Monaten der Schwangerschaft gedacht, wenn sie erst einmal wieder essen könnte, ohne sich zu übergeben, wenn ihr Körper wieder ihr gehören würde. Bernhard hatte ein Haus mit einem großen Garten gefunden, und hätte sie sich das gewünscht, dieses Haus, diesen Garten, diese Familie dazu, es wäre das ideale Haus gewesen, der ideale Garten. Und Bernhard war ein guter Mann, als ob sie sich das nicht immer wieder sagte, als könnte sie damit ein Glück beschwören, oder wenigstens eine Zufriedenheit.

Dann war das Kind da, sie selbst war sich aber abhanden gekommen, das versuchte sie vor Bernhard zu verstecken, bis es nicht mehr ging. Sie hatte, daran erinnerte sie sich noch, kochen wollen, ein Fläschchen für das Kind machen, das Stillen hatte ihr von Anfang an nicht gelingen wollen, darüber war sie froh gewesen. Das Schwarze, das in ihr war, musste nicht in das Kind fließen. Ein Fläschchen also für das Kind und ein Abendessen. Eine Verwirrung war in ihren Kopf gekrochen, was hatte sie mit dem Messer in der Hand gewollt und warum standen Erdäpfel auf dem Herd und heißes Fett war in einer Pfanne, und irgendwo schrie ein Kind. Und was wäre gewesen, wenn Bernhard nicht rechtzeitig nach Hause gekommen wäre.

Er hatte ihr das Messer aus der Hand genommen, er hatte die Pfanne von der Platte geschoben und das Fenster aufgemacht, dass der Rauch abzog, er hatte sie im Wohnzimmer auf die Couch gesetzt, dann hatte er das Kind gewaschen und gewickelt, er hatte ein Fläschchen gemacht und Nina gefüttert und zu Bett gebracht. Er war bei Nina geblieben, bis sie eingeschlafen war. Dass sie ein Kopfgewitter gehabt hatte, dachte Helene, verschmorte Neuronen und durchgebrannte

Synapsen, eine glänzende Leichtigkeit war in ihrem Kopf gewesen und als könnte sie Ozon riechen.

Ärztliche Hilfe, sagte Bernhard, oder Obhut.

Die Luft, die durch die offene Terrassentür vom Garten hereinschwallte, war warm und bauschte den Vorhang, das erinnerte sie, aber woran, ein Rascheln war und ein Schnaufen, das mussten Igel sein.

Er wolle sie aber nicht, sagte Bernhard, er wolle sie nicht gegen ihren Widerstand einliefern.

Sie war aber doch nicht verrückt. Sie war doch nur, müde vielleicht, sie würde, wenn erst die Müdigkeit fort wäre, dann würde sie alles richtig machen, und das wollte sie doch, wenn nur erst die Müdigkeit.

Am nächsten Tag brachte er sie auf den Hof der Eltern, im Gesicht der Mutter sah sie, dass sie es für Bernhard tat. Das Licht auf dem Hof, Junilicht, war so hell, dass es schmerzte, überall, wo Haut war und bis in den Kopf hinein. Der Vater nahm sie an der Hand, wie er es getan hatte, als sie ein Kind gewesen war. »Jetzt bist du ja da.«

Er führte sie in ihr Zimmer, das war so sauber und frisch, später kam Bernhard, sie saß noch immer auf der Bettkante, sie hatte auf das Gemurmel aus der Stube gehorcht, es erfuhren also die Eltern von ihrer Schande und ihrem Versagen. So eine Schwäche war in ihr, dass Bernhard ihr helfen musste, sich aus den Kleidern zu befreien. Er saß noch eine Zeit lang bei ihr, »Nina geht es gut«, sagte er, bevor er fuhr. Sie konnte ihn nicht ansehen und konnte es auch nicht ändern, was jetzt war.

Wenn sie daran zurückdachte, schien ihr, sie müsste tagelang geschlafen haben. Wohl kam die Mutter und brachte ihr das

Essen, das aß sie an ihrem Mädchenschreibtisch, sie sah auf die Baumkronen, die der Wind umrührte. Der Vater kam und legte ihr die Zeitung aufs Bett, die sie nicht las, sie fühlte sich schuldig, weil sie ihn in die Hilflosigkeit geworfen hatte. Gisi setzte sich zu ihr, ein- oder zweimal brachte ihr jemand Nina, sie hielt das Kind, als wäre es ein Stein, was wollte das Kind von ihr. Am Wochenende war Bernhard da gewesen, sie hatte keine Erinnerung daran. Wenn sie schlief, war sie an einem sicheren Ort, alles, was außerhalb des Schlafes war, erschöpfte sie und war eine Bedrohung. Einmal wachte sie auf, war es Morgen oder Abend, die Mutter stand am Fenster, eine schmale Gestalt, bewegungslos. Dann kam ein Morgen und sie stand auf, in aller Früh, und ging hinaus. Als wäre es die erste Luft, das erste Licht gewesen, sie war barfuß im Hof gestanden, wie der Stein sich rau an ihre Sohlen schmiegte und goldene Kühle und helles Wiesengrün waren ihr entgegengeflossen. Als wäre das schon zu viel gewesen, war sie wieder zurück ins Haus gegangen, sie war noch einmal eingeschlafen, zum Frühstück war sie in die Stube gekommen.

»Du bleibst, so lange es nötig ist«, hatte die Mutter gesagt, schroff, und sich die Hände an der Schürze abgewischt und sich umgedreht und mit Töpfen geklappert, die auf dem Herd standen.

»Jetzt im Sommer«, hatte der Vater gesagt, »ist es sowieso nichts in der Stadt. Und wenn es sich Bernhard einrichten kann mit seinem Urlaub, dann soll er kommen, das Kind braucht doch auch den Vater.«

Nina hatte geschrien, als sie sie das erste Mal wieder in die Arme nahm, weil ihr die Tränen aufschossen, hatte die Mutter ihr das Bündel abgenommen. »Sie wird sich schon wieder gewöhnen. Sie merkt es halt, wenn eine Unruhe ist.«

Dass sie in den Wochen, die folgten, in die Rolle der Tochter zurückgerutscht war und die Rolle der Mutter abgegeben hatte, dachte sie, dass alle anderen die Mutter an ihrem Kind ersetzt hatten, die Großeltern, Gisi und Franz, die Vatermutterkind spielten, obwohl sie doch dafür zu alt waren, oder zu jung, selbst Hans saß manchmal draußen auf der Bank, das Kind in den Armen, das schrie oder nicht schrie, und sagte etwas in das Gesicht des Kindes hinein und sah in die Ferne hinaus und nickte, wenn das Kind krähte.

Wieder wartete sie darauf, dass jemand sie fragen würde, was mit ihr los war, wie es geschehen konnte, dass sie jeglichen Zugriff auf sich selbst verlor, und wie es weitergehen solle, sie sah die Blicke, aber niemand fragte sie, selbst Gisi nicht, und irgendwann wusste sie, dass niemand sie fragen würde. Wie wäre denn mit ihren Antworten umzugehen und war es nicht so, als wäre nichts passiert, wenn man nicht darüber redete. Es war das auch, gestand sie sich ein, eine große Erleichterung, sie musste es selbst nicht wissen, musste sich nichts erklären, konnte in der Zeit verschwinden und in ihrem Kopf.

Der Einzige, der fragte, war Bernhard. Aber wie hätte sie ihm sagen können, dass sie nicht wusste, wie sie das Kind lieben sollte, oder ihn. Sie blieb auf dem Hof. Bernhard kam an den Wochenenden, im August nahm er sich drei Wochen frei, Ende September holte er sie nach Wien zurück.

25

Seit dem Abend, an dem sie ihm den Satz entgegengeschleudert hatte, begegneten sie einander mit einer schrecklichen Höflichkeit.

»Sag die Wahrheit«, hatte er gesagt, die Wahrheit war gewesen, dass sie nicht bei ihm geblieben wäre, wenn sie nicht gemusst hätte.

»Als wäre es nicht auch für dich eine Überrumpelung gewesen! Als hättest du das gewollt, Vater werden, Ehemann, zu dem Zeitpunkt! Und so. Und mit mir.«

»Und was weißt du, wenn du das glaubst?«

»Aus irgendeinem Ehrgefühl heraus hast du mich geheiratet. Sag nicht, dass es nicht so war!«

»Du hättest gehen können, irgendwann in diesen zwanzig Jahren. Du kannst nicht zwanzig Jahre lang überrumpelt gewesen sein, das kannst nicht einmal du!«

»Aus Dankbarkeit, wenn du es wissen willst. Weil ich dir dankbar sein musste.«

Sie hatte in Ninas Zimmer geschlafen, am nächsten Tag war diese schreckliche Höflichkeit zwischen ihnen gewesen. Wenn Gregor da war, bemühten sie sich, als hätten sie das vereinbart, um eine Normalität. Es waren die Wochen zwischen der schriftlichen und der mündlichen Matura, wieso kränkte es sie, dass er nichts von dem Seltsamen zwischen seinen Eltern zu bemerken schien. An einem Abend dann kramte sie die Einladung zum Maturatreffen, die sie unter einem Stapel Papier begraben hatte, heraus und rief Johanna an.

»Ich kann jetzt doch, gibt es denn noch ein Zimmer?«

»Dann fährst du also«, sagte Bernhard, du zwingst mich dazu, hätte sie gerne gesagt, es ging aber doch nur um drei Tage. In der Rezeption des Hotels kam Johanna auf sie zu. »Wie schön, dass du gekommen bist! Wir sitzen auf der Terrasse!« Gleißendes Sonnenlicht empfing sie, das blendete sie, und als hätte ein schwarzer Pfeil sie getroffen.

Dass im Außen alles so war, wie es gewesen war, der Berg, der See, aber nichts sprach zu ihr. Eine Unerbittlichkeit war im Außen, wieso hatte sie einmal gemeint, das könnte etwas bedeuten, die Zeichnung des Steins, das Glucksen des Sees, rosenfarbenes Licht.

Weil es kein freies Zimmer mehr gegeben hatte, teilte sie, wie früher, mit Johanna das Zimmer. Johanna wusste über alle etwas zu erzählen, sie zeigte Helene Fotos von ihrer Familie, endlich drehten sie das Licht ab. »Wir lassen uns scheiden«, sagte Helene ins Dunkel hinein, und das hatte sie bis dahin doch noch gar nicht gewusst.

Das erste Glas Sekt des nächsten Tages trank Helene beim Frühstück mit den Neuankömmlingen, das nächste auf der »Gisela«, mit der sie eine Seerundfahrt unternahmen. Wieder hatte es Umarmungen gegeben, Küsschen, Helene war unsicher gewesen, wen sie wie begrüßen sollte, es war eine alte Mädchenscheu aufgewacht, und sie war aber doch eine andere geworden. Vom See aus sahen sie das Schloss, wie es auf seinem grünen Hügel thronte, die zwei Türme, die vorgelagerte Doppeltreppe, die zur Terrasse führte, den Steinbalkon im ersten Stock. Johanna strahlte, als wäre es ihr persönliches Verdienst, dass das Schloss märchenhaft vor ihnen lag, und sonnenüberglänzt. Beim anschließenden Spaziergang zum Schloss hinauf, in dem sie zu Mittag essen würden, ging

Helene mit Martina und Gabriele. Sie erzählte von Gregor, dass er maturierte und dass nichts eine Beschwernis für ihn zu sein schien.

Das sei doch eine seltsame Zeit gewesen, die Wochen vor der Matura, sagte Gabriele, ja sagte sie, der Blickwechsel zwischen den beiden entging ihr nicht. Im Schloss begrüßte sie der Direktor, das war ein anderer, natürlich, wieso hatte sie geglaubt, ihren Direktor zu sehen, einen Adler, der auf sie herunterstieß. Dass etwas aus ihr geworden war, hätte sie ihm das gerne gesagt, etwas Ordentliches, oder dass doch viel zu viel Wert auf das Ordentliche gelegt wurde. Der Speisesaal war unverändert, holzgetäfelte Wände, lange Tische, »Oldenburger Auflauf«, sagte Helene zu Johanna, »weißt du noch?«

Die vergangene Wirklichkeit und die Wirklichkeit jetzt. Acht Jahre lang waren sie den Weg ins Schloss gegangen und zurück, über den knirschenden Kies am Vorplatz der Fliegerschule, die Stufen hinunter, vor ihnen waren im Nebel, im Regen, in der Morgensonne, im Winterdämmerlicht der Berg und der See gelegen, acht Jahre lang. Den Hügel hinunter, da war eine Bank unter Bäumen gewesen, ein Kruzifix, am Reitplatz vorbei durch das Wäldchen, im Spätherbst raschelte das Laub rot. Beim Gasthaus, das vor der Biegung lag – unter Kastanienbäumen standen gelbe und grüne Tische – durften sie manchmal am Wochenende, oder wenn sie abends in die Fliegerschule hinaufgingen, wenn es heiß war, also im Mai vielleicht oder im Juni, ein kleines Eis kaufen, Twinni, Jolly, süßes, klebriges Entzücken, wie es grün und orange, himbeerrot über die Finger lief.

Die Straße führte vorbei am Schulgarten, wo hinter Maschendraht eine Wildnis wohnte, auf der Tau lag, Raureif, dicker weicher Schnee, und eine Amsel flog auf, eine Spatzenwolke, im Winter Krähen. Im ersten Jahr hatte Leni Blumensamen gesät und Erdbeerpflänzchen eingesetzt. Schnecken hatten die Erdbeeren gefressen, aber im September war sie mit Johanna durch ein Loch in der Umzäunung geschlüpft und hatte Karotten aus der Erde gezogen, die Erde hatte zwischen den Zähnen geknirscht und die Karotten hatten gekracht, ein scharfes Heimweh plötzlich hatte alles andere ausgelöscht.

Im letzten Jahr, in den letzten vier Wochen, hatte sie der Hartmanngruppe geholfen, Erst- und Zweitklassler, die hatten Kräuter gepflanzt gehabt, Schnittlauch und Petersilie, Salbei und Dill. Und Radieschen, frühe Erbsen, Kohlrabi, sie hatten Rosenstöcke in Wasser ertränkt und sich vor Würmern und Schnecken gegraust, in einer Ecke waren Brennnesseln und Anisstauden gestanden, zarte weiße Blüten, und Blumenköpfe hatten rot und violett und dunkelrosa unter dem Gewicht eines Schmetterlings geschwankt. Kinder und Pflanzen, hatte die Hartmann wohl gedacht, das sollte sie in der Welt halten.

Ein Blätterdach machte am Weg, der am Schulgarten vorbeiführte, eine schattige Kühle. Im Herbst lagen Bucheckern und Haselnüsse am Straßenrand, büschelweise wuchsen schwarzblaue Beeren, die klatschten Flecken auf den Asphalt. Und dann, als tauchte man in etwas anderes ein, bog sie jetzt, wie jeden Morgen, acht Jahre lang, nach einem steil abfallenden Straßenstück in den Weg ein, der in den Park und zum Schloss führte. Links lag der Berg, der See, rechts das Zeichenhäuschen, und hinter Buchen und Eichen und Fichten, hinter dem Geäst des Magnolienbaumes schimmerte, in einem schönen Gelb, das Schloss. Es war alles noch da und es war alles anders.

In einer Nacht im Krankenhaus war sie aufgewacht, die schwarze Flut war über ihr gewesen, ein Schmerz hatte sich wie eine Druckwelle von einem Punkt hinter ihrem Brustbein ausgebreitet. In einer Zukunft würde sie vergessen haben, wie Dora aussah. Sie würde ihre Stimme vergessen haben, den ihr eng machenden Duft von Patschuli. Dora vergessen – wie würde das möglich sein?

Was war geblieben von dem großen Schmerz: ein Zittern. Wie lächerlich sie war in ihrem Lieben.

Dass die Hartmann sie mit ihren goldenen Augen ansehen würde, hatte sie gedacht, als sie beschlossen hatte, doch zum Maturatreffen zu fahren. Aber die Hartmann war tot, »schon lange«, sagte Johanna, »hast du das nicht gewusst?«

Die Wildner und der Hummel waren da, sie setzten sich beide im Laufe des Abends einmal zu Helene. »Es geht mir gut«, sagte Helene, zwei Kinder, ihre Arbeit, später sprachen sie über Bücher, sie atmete auf, als die Lehrer sich verabschiedeten.

»Du und Dora«, wer hatte das gesagt.

Sie war vorbereitet gewesen. Sie hatte den Kopf geschüttelt, wie belustigt, Dora und sie, eine Schwärmerei, »vielleicht wollte ich etwas Besonderes sein.«

»Und das andere?«

Jetzt die Stirn runzeln, als hätte sie Mühe, sich zu erinnern. »Wir waren doch alle in einer Hysterie, oder nicht?«

Eine Kurzschlussreaktion, dazu noch Alkohol, und es sei die Atmosphäre in einem Mädcheninternat doch jedenfalls schrecklich aufgeladen. Und sowieso glaube man in diesem Alter beim geringsten Anlass, man wolle nicht mehr leben, das sei doch auch anderen so gegangen. Ein Lächeln, sich zurücklehnen, sie hatte ihren Text gesagt, das sollte wohl genügen.

»Dass Dieter gestorben ist, weißt du?«, fragte Alina. »Ein Jahr nach der Matura. Überdosis, das hat Dora eine Zeit lang ziemlich aus der Bahn geworfen.«

Dass das zu erwarten gewesen wäre, sagte Henriette. Dass Dora froh sein konnte, dass sie nicht in denselben Sog gekommen war, sie hatte ja doch, Henriette grinste, ein ziemlich wildes Leben geführt. Dass es ein großes Unglück gewesen sei, als der Vater ihrer Tochter gestorben sei, auf seinem Hausberg abgestürzt, »sie hat mit Männern kein Glück gehabt«.

»Hast du sie später einmal wiedergesehen?«

Helene schüttelte den Kopf. Das sei doch erledigt gewesen, sobald sie ein neues Leben angefangen hatte, das Leben nach der Schule, nach dem Internat, das sei doch eine Befreiung gewesen.

Vor dem Balkon ihres Zimmers lag der See, ein runder Mond stand am Himmel. Sie wählte eine Nummer, aber noch bevor sich am anderen Ende jemand melden konnte, legte sie auf.

Am Sonntag frühstückten sie gemeinsam, sie tranken ein letztes Glas Sekt auf der Terrasse, »wir sollten uns öfter sehen«, sagte Johanna. Helene war schon auf dem Weg zur Autobahn, als sie noch einmal umkehrte. Sie konnte nicht fahren, ohne das Haus gesehen zu haben.

26

»Es wird Zeit«, hatte der Vater gesagt. Etwas in ihrer Brust hatte sich gekrampft, so war es immer gewesen, wenn sie fortgemusst hatte, ein Schloss, Leni, die Stadt, das Leben, wollte sie denn das. Bernhard hatte sich für Mittag angesagt, sie saß mit Nina auf der Hausbank. Nina spielte mit den Bändern ihrer Jacke und lachte und gurgelte und saß ihr schwer im Schoß. Ein Auto fuhr in den Hof ein, »der Papa ist da«.

Sie ging Bernhard entgegen. Sie sah das Aufflackern einer Freude, ein Zögern, sie wünschte, sie hätte ihm die Beunruhigung nehmen können, die in seinen Augen war. Sie drückte ihm Nina in die Arme, er küsste das Kind, er küsste sie auf die Wange, »meine zwei Mädchen«, sagte er, Nina gurgelte.

Dann war die Familie da, die Mutter, die sie zum Essen in die Stube scheuchte, der Vater und Hans, die mit ihm Düngungsmethoden diskutierten, Gisi, die Nina fütterte und abwechselnd mit Franz erzählte, was Nina gelernt hatte, seit Bernhard das letzte Mal da gewesen war. Dass ihre Familie Bernhard liebte, dachte Helene. Sie musste, hatte sie gedacht, sie musste einen Weg finden, es war das nun ihr Leben.

Am nächsten Tag fuhren sie nach dem Frühstück. Einen Moment lang hatte sie eine überwältigende Angst, sie könnte nie mehr zurück, sie würde sterben in der Welt draußen und dass sie ganz alleine war. Die Mutter machte ihr ein Kreuzzeichen auf die Stirn, kühles Weihwasser, warum kann ich nicht bleiben, hätte sie sagen wollen, warum schickt ihr mich fort.

Bernhard umarmte alle, selbst Hans ließ es zu, dass er ihm

auf den Rücken klopfte, und Franz sah aus, als wollte er sich vor Scham verstecken, weil es ihm das Gesicht verzog vor Anstrengung, so auszusehen, als wäre nichts. Zuletzt kam er zu Gisi, die das Kind hielt, das plapperte und gurgelte und sie an den Haaren riss.

»Du musst mir jetzt Nina geben«, sagte er sanft.

Gisi schüttelte den Kopf.

»Du wirst immer ihre Lieblingstante sein.«

Gisi drückte das Kind an sich.

»Zu Weihnachten sind wir wieder da. Und du kannst uns besuchen kommen, wann immer du willst, du und Franz und ihr alle.«

»Immer?«

Bernhard nickte.

»Allerheiligen gleich?«

»Gleich zu Allerheiligen, das ist gut.«

Nina hatte geschrien, als Gisi sie in Bernhards Arme schob, sie hatte noch mehr geschrien, als sie im Auto in ihrem Kindersitz saß, sie hatte sich auch nicht beruhigen lassen, erst nach einer Stunde schlief sie vor Erschöpfung ein. Bernhards Blick im Rückspiegel, Helene horchte auf das Hohle in sich, »geht schon«, sagte sie.

Später, als es Nacht war, lagen sie nebeneinander. »Ich will, dass es dir gut geht«, sagte Bernhard. »Ich will doch alles richtig machen.«

»Aber das tust du.«

Sie hatte ihn schwer gemacht und ernst, das war er nicht gewesen, als sie ihn kennengelernt hatte. Sie schlief mit ihm, was konnte sie anderes tun, um ihm etwas von der Schwere zu nehmen.

Wann hatte sie gewusst, dass da noch jemand war, und wie war die zu nennen, eine Freundin, eine Geliebte, eine Affäre? Es erschien ihr ganz klar, dass es so sein musste, und auch richtig. Sie hatte doch Bernhard alleine gelassen, und wie war das zu ertragen, eine Frau zu haben, die sich entzog, eine Verrückte, die sich in die Berge flüchtete, weil sie ihren Mann und ihr Kind nicht lieben konnte.

Hätte sie es wissen wollen, mit wem er schlief? Sie dachte sich eine Arbeitskollegin, eine frühere Freundin, eine ehemalige Studienkollegin, oder eine Fremde, die er kennengelernt hatte, als sie nicht da gewesen war. Dass sie froh war, dachte sie, dass er jemanden hatte, der anders war als sie. Dass sie ihm wünschte, dass er sie vergessen konnte.

Manchmal fragte sie sich, was zu tun wäre, wenn diese Andere Ansprüche erhob, wenn sie Bernhard für sich verlangte, und würde denn Helene es wollen, dass Bernhard ging und mit ihm das Kind, wenn er es denn haben wollte in einem neuen Leben. Manchmal, weil da ein Hauch von einem Duft war, der nicht zu ihm gehörte, eine Anspannung oder eine Abwesenheit, wusste sie, dass er bei der Freundin, der Geliebten gewesen war. Es schmerzte sie, dass eine andere eine Geliebte sein konnte, Bernhards Geliebte auch, und das war doch seltsam, sie hatte ja selbst keinen Anspruch auf ihn.

Was waren die ersten drei Jahre gewesen, der Versuch, sich in einer Normalität einzurichten. Sie lebte, als stünde sie unter Beobachtung. Sie spielte die Ehefrau, sie spielte die Mutter, die Anstrengung, dass es ihr gut gehen musste. Sie versuchte, Bernhards Angst zu übersehen, wenn sie leise sprach, wenn sie Dinge durcheinanderbrachte, wenn sie müde war. Wenn sie spät vom Einkaufen, von einem Spaziergang zurückkam und er war schon da, glitt sein Blick zum Kind, als könnte man ihr das Kind nicht mehr anvertrauen, das musste er aber. Weil immer wieder Anfälle von Mutlosigkeit über Helene kamen, ging sie schließlich zu einem Arzt, der verschrieb ihr etwas, »zur Stimmungsaufhellung«, sagte er, das half.

Dass doch immerhin das Kind gerettet war, dachte sie, das war nicht ihr Verdienst. Wie lange noch der Duft einer anderen Frau. Sie hatte Heimweh nach Dora, als hätte es das Ende nicht gegeben, Heimweh nach einem Punkt in ihrem Leben, an dem noch alles möglich gewesen war.

27

Halb versteckt hinter Büschen war das Haus vorbeigeglitten, Dora griff in die Ruder.

»Was machst du? Das geht nicht, Dora, wir können nicht ...« Das Boot knirschte am Steg.

»Wenn da jemand wäre«, Dora vertäute das Boot, »dann stünden die Fenster und Türen offen, dann wäre jemand im Garten, an einem Tag wie heute!« Sie marschierte über den Steg auf den Garten, auf das Haus zu, sie drehte sich um, »komm endlich!«

Leni folgte ihr zögernd. Dora presste ihr Gesicht an die Glastür. »Da ist nichts. Das ist ausgeräumt.«

Sie rüttelte an der Tür, die war verschlossen. Sie gingen hinters Haus, dort war ein Fenster eingeschlagen.

»Siehst du«, sagte Dora, »da war schon lange niemand hier.«

Sie zog sich am Fensterbrett hoch und kletterte in das Haus. Leni ging zurück in den Garten, Dora öffnete von innen die Glastür.

»Aber wir können doch nicht«, protestierte Leni, Dora zog sie ins Haus. Später saßen sie am Steg, Dora, die ihre Zigarette an Leni weitergab, Dora, die lachte, weil Leni hustete, Dora, die an ihren Haaren zog.

»Du und ich, Lene, wir gehen uns nicht verloren.«

Ein Tag wie ein Sommer, danach fiel der Regen, wochenlang.

In der Osterwoche durften die Maturantinnen bis Gründonnerstag im Schloss und in der Fliegerschule bleiben. Die Hartmann bot Übungsstunden in Mathematik an, zwei Stunden am Tag. »Bildet Lerngemeinschaften«, sagte die Wildner, »nützt diese Zeit, es zahlt sich aus.«

Leni saß mit Dora in einer Klasse, in der Bibliothek, im Gruppenraum, manchmal schaute die Hartmann vorbei, »eifrig eifrig«, sagte der Direktor, neben Dora sitzen und lernen, und draußen rauschte der Regen, als wäre das Glück.

»Gehst du nicht in die Stadt?«, fragte Leni am ersten Abend.

»Keine Lust. Alex ist nicht da.«

»Und Dieter?«

»Dieter ist ein Arsch.«

Einmal gingen sie in dieser Woche in das Haus am See. Sie saßen in dem großen Zimmer auf dem Holzboden und sahen durch die Glastür auf den Garten, auf das Wasser, das wild wogte und gegen den Steg schlug.

»Was wir haben, Lene, das kann uns keiner nehmen.«

Als hätten sie es ausgemacht, brachten Leni und Dora nach den Osterferien Decken mit und bunte Pölster, Dora hatte zwei Kristallgläser und Teller mit Goldrand mitgenommen, Silberbesteck, »so esst ihr?«, fragte Leni, Dora zuckte die Schultern. In den oberen Zimmern hatten sie Betten entdeckt, sie schleppten die Matratzen nach unten und bezogen sie mit Leintüchern, die hatte Leni heimlich aus der Wäschekammer geholt. Dora zündete ein Räucherstäbchen an.

»Wir sollten fortgehen, Lene, nur du und ich.«

Es gab die Vormittage, es gab die Unterrichtsstunden, es gab die Nachmittage am See. *Um drei im Haus,* schrieb Dora auf kleine Zettelchen, *kommst du? Du kommst doch?,* die barg Leni in ihrer Federschachtel, die faltete sie auf und zu und wieder auf, *Lene, Helene, ich kann heute nicht, bist du mir böse?*

Nein, schrieb Leni zurück, *nie. Aber du fehlst mir, immer.*

Einmal war sie allein in das Haus gegangen, sie war allein im Garten gesessen, sie war allein am Steg gesessen, als verhöhnte das Haus sie, *hinter dem Sichtbaren ist ein Abgrund, und wir fallen, immer.*

Im Schuppen war ein Boot aufgebockt, das ließen sie, hinter wuchernden Büschen und tiefhängenden Zweigen versteckt, ins Wasser. Sie fanden einen Kübel, den füllten sie mit Seewasser und stellten ihn in die Toilette, vom Schloss nahmen sie Leitungswasser in Flaschen mit, »das einfache Leben«, sagte Dora und verzog das Gesicht, wenn sie die zwei Teller, die zwei Gläser, das Besteck mit diesem Wasser spülten.

»Wir könnten uns Erbsen ziehen«, sagte Leni, »oder Erdbeeren. Vielleicht sind die Kirschen reif, wenn wir maturieren.«

Schauer von weißen Blüten, die ins Haus wehten. Nachts träumte Leni von Wasser, das niederfiel, von einer Sturmflut, die sie verschlang.

Dass sie sich in Wien eine Wohnung nehmen würden, sagte Dora. Dass sie ihr die Stadt zeigen, ihr ihre Freunde vorstellen würde, »du musst doch einmal etwas anderes kennenlernen als das hier.«

»Ja«, sagte Leni und schob die Angst weg, die sie vor der Stadt hatte und vor Doras Freunden, und dass sie tatsächlich mit Dora sein würde.

»Vielleicht will ich auch nicht studieren«, sagte Dora ein anderes Mal. »Vielleicht will ich nicht so leben, wie sie es von uns erwarten, brav alles verdauen, was sie uns hinwerfen, mich verbiegen, anderen in den Arsch kriechen, dumpf und stumpf werden – würdest du denn das wollen, Lene, so ein verlogenes, verbogenes Leben?«

»Aber das muss ja nicht so sein, das kann doch auch anders sein, oder nicht?«

Etwas wie Verachtung kroch in Doras Augen.

»Künstlerin«, sagte Dora. »Bildhauerin. Malerin. Fotografin. So was. Nicht nach Regeln arbeiten. Das Krokodil sagt, ich bin gut, ich soll das machen.«

»Zu Fuß durch Deutschland, Lene! Durch Frankreich und Deutschland. Durch Spanien, Frankreich, Deutschland, Italien und Griechenland, Lene! Wir lesen die großen Dichter und wandern durch Europa, zu Fuß und ohne Geld, arm, aber frei!«

»Wir müssen doch aber essen, wo schlafen.«

Dora wischte Lenis Einwand weg. Sie würden sich als Erntearbeiter verdingen, zur Weinlese, »wir brauchen nicht viel, was brauchen wir?«

»Ein Dach über dem Kopf? Was zum Anziehen? Was zum Essen, eine Zahnbürste, Bücher, und Hefte zum Hineinschreiben, Schokolade, Zigaretten, Filme, die sind teuer.«

»Sei nicht so spießig, Lene! Wir werden frei sein!«

»Indien«, sagte Dora. »Was meinst du, sollen wir nach Indien gehen?«

Der indische Subkontinent, schlug Leni im Lexikon nach, die Landmasse südlich des Himalayas, eine von der eurasischen Platte getrennte Kontinentalplatte, die im Verlauf der Erdgeschichte lange selbständig durch den Indischen Ozean gedriftet war. Bei ihrem Zusammenstoß mit Asien hatte sich der Himalaya aufgetürmt. Und immer noch waren die Platten nicht zur Ruhe gekommen.

»Ashrams«, sagte Dora. »Dort kann man leben, arbeiten, meditieren, die Erleuchtung suchen. Es muss doch etwas anderes geben als das hier, wollen wir das suchen, Lene, du und ich?«

Indien lag zwischen dem achtundsechzigsten und dem siebenundneunzigsten östlichen Längengrad und dem achten und siebenunddreißigsten nördlichen Breitengrad. Von Westen nach Osten waren das zweitausendneunhundertdreiunddreißig, von Norden nach Süden dreitausendzweihundertvierzehn Kilometer. »Indien ist RIESIG«, sagte Leni. »Und so viele Menschen.«

Dass sie im Sommer im Gastgewerbe arbeiten würden, sagte Dora. Da verdiene man so viel, dass sie ein Jahr lang in Indien leben könnten, oder länger. »Du schreibst, ich fotografiere, wir könnten ein Buch darüber machen, sag, dass dir das gefallen würde!«

Bombay, Delhi, Madras, Bangalore. Leni lernte Namen auswendig. Jaipur und Rajasthan, der Ganges, der Brahmaputra. Menschen, die an Flüssen hockten. Die im Wasser untertauchten, die das alte Selbst im Wasser abwuschen, die sich neu im Fluss gebaren. Goldene Städte in Wüsten, goldene Tempel, und Elefanten, Kamele, der Prunk der Mogulkaiser, und einer saß unter einem Baum und dachte die Welt und Kali, die Schwarze, verschlang sie im Tanz.

»Nur wenn wir uns verlieren«, sagte Dora, »finden wir uns.«

Leni dachte sich Frauen in Saris und Tiger im Dschungel, Königstiger, weiße Paläste, und wie der Abend fiel, schnell, ein Flüstern unter Moskitonetzen. Cymbeln und Flöten und Tempeltänzerinnen, rätselhafte Muster wie Schriften auf braunen Händen. Dora, die einen Finger zwischen Lenis Augenbrauen legte.

»Du und ich in Indien.«

Einmal ging Leni am Nachmittag mit Dora in ein Weinhaus in der Stadt. Sie aß getoastetes Brot, sie trank ein Glas Wein, der war rot und verwirrte ihr den Kopf. Durch die Fenster, zwischen denen eine Hummel brummte, fiel staubiges Licht. Auf dem schweren Holztisch lag der Strauß Wiesenblumen, den Dora gepflückt hatte, die Blüten welkten schon.

Plötzlich im Unterricht packte Leni eine Herzangst, dass sie den Kopf auf den Tisch legen wollte und sterben. Etwas wischte ihr jeden Atem weg und alles, was sie wusste von sich und dem außerhalb von ihr. Auf der steinernen Treppe, später, rieb sie sich die Handgelenke wund, eine Klarheit war dann, als könnte sie in das Leben sehen, das vor ihr lag, und wer sie sein würde.

28

Das Kind Nina, wenn es jemanden mochte, zwickte und schlug und biss. Nina riss Helene an den Haaren, sie riss Bernhard an den Haaren, sie schrie ihnen ihre Geschichten ins Ohr und brüllte, wenn sie etwas mochte oder nicht mochte. Es kostete Helene das Äußerste an Kraft, dieses Kind von sich fernzuhalten, das sie körperlich attackierte, wenn es eine Zärtlichkeit wollte.

Sie machte den Führerschein, das war Bernhards Idee gewesen. Die Konzentration, zu der sie das Fahren zwang, glich einer Leere, die füllte sie angenehm aus. An manchen Tagen packte sie Nina ins Auto und fuhr mit ihr los, aus der Stadt hinaus, über Landstraßen bis an eine Grenze und wieder zurück. Irgendwo blieben sie stehen, sie aßen ein Eis, oder sie saßen auf einer Bank, tranken Tee aus der Thermoskanne und knabberten Kekse. Die fremden Orte und Parks und Spielplätze interessierten Nina nicht, aber sie schien es zu mögen, wie, was draußen war, sich an ihr vorbeibewegte, sie war dann auch ganz ruhig.

Und dann wieder glitt Helene aus dieser leichten Leere und zwischen die Wirklichkeiten. Das Kind rächte sich mit einer unerträglichen Widerborstigkeit, und wie war der lähmenden Angst zu entgehen, die sich auf sie legte, immer und immer wieder.

»Wann kommt ihr wieder?«, fragte der Vater jedes Mal, wenn sie telefonierten, und weil Bernhard ihre Familie liebte und ihre Familie Bernhard liebte und Nina, und weil sie vielleicht beide Angst davor hatten, zu dritt alleine zu sein, fuhren sie, so oft es ging, auf den Hof, in die Berge, an verlängerten Wochenenden, über Weihnachten, zu Ostern, ein paar Wochen im Sommer. In den Bergen verwandelte sich Bernhard in einen Bauern, er mistete den Stall aus, er brachte Heu ein, er legte einen Fischteich an, manchmal ging er mit Hans auf die Alm. Dass sie ihn doch lieben können sollte, dachte Helene, wenn sie die Freude sah, die in seinem Körper war.

Wenn Bernhard sie fragte, ob sie noch länger bleiben wollte, sagte sie Ja und blieb noch eine Woche oder zwei. Er würde mit der anderen sein wollen, sie spürte etwas wie Mitleid, weil sie ihn dazu zwang. Und eine Kränkung, die gestand sie sich nicht ein, und sie hatte auch gar kein Recht darauf.

Nina kam in den Kindergarten und Helene begann eine Ausbildung zur Bibliothekarin.

»Es geht uns doch jetzt gut«, sagte Bernhard einmal, und weil das eine Frage war und keine andere Antwort möglich, sagte sie: »Ja, es geht uns gut.«

In die Pause hinein, die dann war, wusste sie, er würde, aus einer Neigung der Schulter heraus wusste sie es und dem Schatten auf seiner Stirn, er würde von seiner Schuld reden wollen, würde sich von seiner Schuld befreien wollen. Dass da eine Freundin war, oder Geliebte, würde er sagen wollen, er würde ihr schwören wollen, aber das wollte sie nicht, wäre es einmal ausgesprochen, würde diese Frau existieren. Und konnte sie denn das tatsächlich, verantwortlich sein für diese Familie, und dafür, dass es Bernhard gut ginge.

Als müsste sie gegen etwas anreden, eine Katastrophe vielleicht, sagte sie: »Wir könnten doch einmal gemeinsam fortfahren«, nur sie beide, und woandershin als in die Berge, ans

Meer vielleicht, sie sei doch noch nie am Meer gewesen. Das Kind könne bei den Eltern bleiben, die freuten sich, wenn Nina bei ihnen war, die hätten das schon selbst vorgeschlagen, »was meinst du?«, sagte sie, »nur wir beide«, und sah in seinen Augen die Erleichterung, dass er nichts gesagt hatte, oder die Last.

Im Mai flogen sie nach Kreta, sie fuhren mit dem Leihwagen über die Insel, die blühte und duftete nach Harz und Honig, sie erzählte ihm von Frauen, die über Stierrücken sprangen, und einem Labyrinth, von einer großen Flutwelle. Bernhards Verlangen nach ihrem Körper rührte sie, und dass er so leicht zu täuschen war.

Als sie ihm ein paar Wochen später sagte, dass sie wieder schwanger war, sah er sie bestürzt an.

»Aber es geht mir gut«, sagte sie, und es stimmte. Wenn sie in sich hineinhorchte, war da ein Flattern in ihrer Herzgrube und ein kleines Lachen. Sie wurde dick und ruhig, ertrug auch Nina besser, manchmal lag Nina bei ihr und legte ihren Kopf auf Helenes Bauch. Und dann war Gregor auf die Welt gekommen, ihr sanfter Sohn, und die Welt war eine andere geworden.

Weil sie liebte, und lieben durfte, es gehörte doch dieses Kind ihr, und liebte sie zurück, nie konnte sie das Bernhard sagen, dass dieses Kind, Gregor, sie im Kern verwundet und geheilt hatte. Weil sie ihrem Sohn die Welt zeigte, wuchs ihr die Welt zu. Das Haus, der Garten, was außerhalb von Haus und Garten lag, ein Park, das Dorf, das dieser Stadtteil war, die Bäckerin und süße Kuchen, der Fleischhauer, die Frauen an den Kassen der Geschäfte. Kinder, auf die Gregor zulief, die Kirche, das Schlösschen, eine Baumallee, Ulmen. Nina, die den Bruder überallhin mitschleppte, zu ihren Lieblingsplätzen im Haus, im Garten, dass sie Nina alleingelassen hatte in dieser Welt, verursachte ihr eine Pein. Sie hatte versucht, das gutzumachen, es war aber Nina nicht zu betrügen gewesen.

Die Welt war fest geworden und sicher in ihrer materiellen Begrenzung, sie selbst hatte Umrisse bekommen und eine Festigkeit innerhalb der Umrisse. Sie hatte keine Angst mehr, oder nur wenig. Manchmal gestattete sie es sich, und Bernhard, an den Rand einer Auflösung zu gehen, es schien ihr aber dieses Lieben an etwas Gefährliches zu stoßen und als müsste sie sich dann wieder in einen harten Kern einschmelzen.

29

Sie stand an der Straße, an der das Haus lag. Hinter ihr rauschten Autos vorbei, Ausflügler, die an die Seen fuhren. Das Gatter, auf dem ihre Hand lag, war ein anderes Gatter als das vor mehr als zwanzig Jahren, und die Büsche, die damals wild über den Zaun gewuchert waren und das Haus beinahe verdeckt hatten, waren zurechtgeschnitten, oder es waren andere. Seitlich am Haus vorbei konnte sie einen Blick auf den See werfen, der lag so ungerührt blau unter einer ungerührten Sonne.

Es war doch, dachte sie, eins aus dem anderen gekommen und hatte zum Nächsten geführt. Wann hatte sich entschieden, was ihr Leben sein sollte? Vielleicht hätte sie ihre Angst und das, was weh getan hatte, nicht mit einer Vorstellung von Liebe verbinden sollen. Es hatte aber keinen anderen Gedanken gegeben als diesen, dass doch die Liebe heilen müsste. Vielleicht war es mutig gewesen, Rosenblätter zu streuen. Nichts war der Landschaft eingeschrieben, aber sie trug die Landschaft und die Rosen in sich.

Die Sonne fiel schon schräg durch die Fenster und durch die offene Wohnzimmertür ins Vorzimmer, als sie vom Klassentreffen zurückkam. Sie horchte, da war aber nichts, nur ein Knacken im Holz, wie ein Seufzen. Der Garten duftete nach Honig und Kräutern und etwas Wildem. Am Abend würden die Rosen ihren schweren Duft ausströmen, die Farben würden sich verändern, davon konnte sie nie genug haben, wie die Morgenfarben erwachten, wie die Schatten flogen, hell wurden, sich wieder vertieften, wie die Blüten aus sich heraus leuchteten und in ein Blau, ein Grau verglühten.

Bernhard stand unter dem Nussbaum, dass er ihr Mann war, dachte sie, und sie seine Frau, aber das war doch so. Wieso hatte sie das nicht gewusst.

»Ich bin wieder da«, sagte sie.

Mit Dora, weißt du, würde sie das gerne sagen wollen?, mit Dora, das war so. Warum aber sollte das jetzt noch wichtig sein, und für ihn.

»Es ist noch was da vom Mittagessen.« Er bückte sich nach Zweigen, die der Wind von den Bäumen gerissen hatte.

»Ich bin nicht hungrig. Ich geh hinauf.«

Er nickte, als hätte sie ihm etwas bestätigt. Sie saß auf Ninas schmalem Bett, sie dachte an das Haus, an eine Nacht, in der der Himmel zerscherbt war, an Augen, grün wie Schilf. Auf der Terrasse rückte Bernhard Töpfe aus dem Schatten in die späte Nachmittagssonne. Das Geräusch, wie er den Schlauch über den Rasen zog. Das Zischen des Wassers, als es aus der Düse spritzte, und wie es auf Blätter und auf die Erde fiel. Sie würden es Gregor sagen müssen. Und sollte sie nicht froh sein, dass die Täuschung ein Ende nahm, endlich.

Auf der Suche nach Kleingeld war sie vor ein paar Jahren auf das Foto gestoßen. Sie hatte die oberste Lade von Bernhards Schreibtisch aufgezogen, da war, als sollte es gefunden werden, das Foto gewesen. Sie hatte aber doch schon früher immer wieder, ganz selbstverständlich, die Lade geöffnet, darin gekramt, da war nie etwas anderes gewesen als irgendwelche Papiere, Hustenzuckerl und Kaugummi, Kleingeld, Gummiringerl, Notizzettel, Kugelschreiber.

Es hatte Telefonate gegeben, nicht viele, da war Gregor

schon auf der Welt gewesen. Sie hatte einen Namen gehört, Renate. Ruf nicht mehr an. Sie hatte sich nie gefragt, was sie ihm genommen hatte, indem sie geblieben war.

Eine Woche später, ihr Hals kratzte, und hatte sie nicht immer aus Bernhards Lade die Hustenzuckerl genommen, öffnete sie die Lade wieder, aber das Foto war nicht mehr da gewesen. Hatte Bernhard gewusst, dass sie das Foto gesehen hatte? Hatte er gewollt, dass sie es fand und wollte er, dass sie etwas sagte? Was hatten sie einander mitgeteilt, darüber dachte sie lange nach. Oder hatte auch das keine Bedeutung gehabt, sie konnte aber das Strahlen im Gesicht der jungen Frau auf dem Foto nicht vergessen, und es war doch das Gesicht ein ganz unscheinbares gewesen.

Auch die vorletzte Veranstaltung vor dem Sommer war gut besucht. Das Echo auf den Kulturseiten war ein positives. *Die Neugierde von Schreibenden aufeinander, wohltuende Unaufgeregtheit, Tinte statt Blut – und um wie viel befriedigender. Eine behutsame Moderation, die Zwischentöne zum Schwingen brachte.*

Sie hätte Bernhard gerne über die Texte erzählt, die die Eingeladenen zu diesem Anlass verfasst hatten, über ihre Überraschung, ihre Freude, ihren Stolz, als hätte sie die Texte selbst verfasst, und sie hatte doch nur den Impuls geliefert.

Weißt du noch?, hätte sie gerne gesagt.

Es war Juni gewesen, oder Juli, sie hatten Kirschen vom Baum gepflückt, sonnenbeschienene rote Früchte, das Fruchtfleisch war gelb und saftig gewesen. »Kirschen«, hatte sie gesagt, »sie sollen über Kirschen schreiben.« Als sähe sie in eine fremde ferne Welt zurück.

Und weißt du, hätte sie gerne gesagt, dass die Sache mit der

Heimat, oder der Heimatlosigkeit vielmehr, in allen Texten war, wie kommt das, was meinst du? Eine junge Liebe, die den Besuch eines Vernichtungslagers nicht übersteht. Einer, der sein Haus, seinen Garten aufräumt. Eine Geschichte vom Mars, sehr schräger Text, und zum Weinen schön.

Sie ließ die Zeitungen in der Küche liegen. Vielleicht würde Gregor sie lesen. Vielleicht würde Gregor sie beim Essen danach fragen und sie könnte von den Kirschen erzählen. Wir sind unter dem Kirschbaum gestanden, weißt du noch, und jetzt schau, was daraus geworden ist, ist das nicht schön?

Nina kam ins Büro und teilte ihr mit, dass sie ihr Studium abbrechen würde.

»Das ist doch alles Schwachsinn«, sagte sie. »Stumpfsinnig.«

»Ach, auf einmal ist Theater stumpfsinnig?«

»Nicht das Theater. Die Theaterwissenschaft.«

»Das heißt?«

»Ich will Schauspielerin werden.«

»Schauspielerin. Du. Und wieso meinst du, dass du dazu geeignet bist?«

»Ich habe mich für die Aufnahmeprüfung im Reinhardt-Seminar angemeldet und für das Casting fürs Theaterjahr an der Burg …«

»An der Burg, du?«

»Und warum nicht ich?«

Am Abend aßen sie zu dritt, Gregor war unruhig, sie sollten ihm das nicht mehr zumuten, gemeinsame Essen.

»Du findest es also nicht gut, was Nina machen will?«, sagte Bernhard.

»Du schon?«

»Ich glaube, es ist ihr ernst damit.«

Sie zuckte die Schultern. »Wenn du meinst. Soll sie doch machen, was sie will. Als hätte ich ihr je was sagen können.«

Gregor und Bernhard tauschten einen Blick, aber war nicht sie die Verräterin gewesen, immer. Sie ging in Ninas Zimmer und legte sich auf das Bett. Eine blauviolette Kühle kroch in den Garten. Schmale Betten, dachte sie, bevor sie einschlief.

30

Am Montag in der Woche vor der schriftlichen Matura war Dora mit Dieter in einem klapprigen 2CV, das Faltdach war zurückgerollt, vor dem Schloss vorgefahren. Die Mädchen spielten Völkerball, Tempelhüpfen, Gummihüpfen, die Fenster des Schlosses standen weit offen, seit Wochen belagerte der Sommer das Land. Dora stand auf dem Sitz, ihr Haar, ihr Schal flatterten im Fahrtwind.

»Fuck the fuckers«, schrie sie, ein leuchtendes Orange, und Gitarren kreischten wild, so fuhren sie durch das Wäldchen, an der Krankenstation vorbei unter die Bäume am Parkplatz. Als das Auto stehen blieb, setzte das Lied ein.

Obszönes Verhalten war der Vorwurf in der Disziplinarkonferenz, die diesem Auftritt folgte. Öffentliches Abspielen von Musik mit dezidiert sexuellem Inhalt, verstörende sexuelle Handlungen, ohne Rücksicht auf die anwesenden jüngeren Schülerinnen.

»Ich bin ein öffentliches Ärgernis«, sagte Dora nach der Konferenz. »Du achtest dich selber nicht, hat die Kogler gesagt, du achtest dein Mädchentum nicht, dein Frauentum, fick dich, hätte ich am liebsten gesagt, Mädchentum, Frauentum, aus welchem Jahrhundert ist denn die?«

Leni war, durch die wummernde Musik und das Kreischen der Mädchen angelockt, aus dem Schloss gelaufen. Triumph und Verachtung im Gesicht, so war Dora im Auto gestanden und Dieter hatte sie geküsst, tief, dass die Mädchen kreischten. Dieters Hände, die von Doras Hintern über Doras Rücken zu Doras Brüsten wanderten, wie die Mädchen kreischten, eine Erzieherin war zum Auto gelaufen.

»Warum hast du das getan?«, fragte Leni, als Dora aus der Direktion zurückkam.

»Aber irgendwer muss doch etwas tun«, sagte Dora, »wir ersticken hier, alle, und ich als Erste.«

Weil ihr die Schulleitung nicht die Zukunft verbauen wollte, weil man ihr eine letzte Chance geben wollte, auf Fürsprache der Erzieherin und einiger Klassenlehrerinnen hin, auf die flehenden Bitten der Eltern hin, die aus Wien angereist waren, aus Rücksicht auf die schwierige Entwicklung der Schülerin beließ es die Konferenz bei der Androhung des Ausschlusses aus dem Internat. In der folgenden Nacht entfernte sich Dora ohne Erlaubnis aus dem Internat, in den frühen Morgenstunden wurde sie, stockbetrunken und randalierend, von der Polizei aufgegriffen und mit Alkoholvergiftung ins Spital eingeliefert. Die Disziplinarkonferenz am nächsten Tag schloss die Schülerin Dora Veith aus dem Internat aus, die Ablegung der Matura wurde ihr nicht verweigert.

»Zu Fleiß«, sagte Dora, »zu Fleiß mach ich die Matura.«

»Die faule Frucht entfernen«, sagte der Direktor, als er am nächsten Tag durch die Klassen ging. »Das Verdorbene herausschneiden, das Gesunde vor Ansteckung schützen. Dies als Warnung«, sagte er, für alle, die schon angesteckt seien vom Ungeist dieser Person, man werde das Faule herausschneiden.

Herzstolpernde Angst, als Dora ihre Sachen packte. Es war aber nicht möglich, unter den Augen der Maleta etwas zu sagen. In der Halle holte Leni Dora ein.

»Lass mich nicht allein. Wie soll ich ohne dich …«

»Aber wir verlieren uns nicht«, sagte Dora. »Hörst du, wir verlieren uns nicht.«

Am Freitagabend rief Dora an. »Morgen bei mir. Ich mach ein Fest.« Sie gab Leni eine Adresse in der Stadt.

»Geht's dir gut?«, fragte Leni.

»Nie besser.«

Dora wohnte in einem Zimmer bei einer Witwe, die Witwe war übers Wochenende verreist. »Die fünf Wochen«, sagte Dora, »ist mir doch egal, solange ich nicht in diesem Scheißinternat bin.«

»Mir ist es nicht egal«, sagte Leni.

»Wir sehen uns in den Vorbereitungsstunden. Und danach kommst du mit mir in die Stadt, oder wir gehen in unser Haus, du wirst sehen, Lene, das wird lässig!«

Die ersten Gäste kamen. »Und von uns?«, fragte Leni. »Alina und Henriette, kommen die nicht?«

»Du bist die Einzige, die zu mir gehalten hat.«

Ein paar Gesichter kamen Leni bekannt vor, Kulturkreis, es kamen so viele Leute, dass sie sich in der Küche und auf dem Gang drängten, sie saßen in Doras Zimmer auf dem Boden, auf Doras Bett, die Luft war bitter vom Rauch.

»Hat denn deine Witwe nichts dagegen?«

»Bis die kommt, ist aufgeräumt und gelüftet, die Witwe wird es nie erfahren.«

»Und die Nachbarn, glaubst du nicht, dass die es ihr sagen werden? Wir müssen die Musik leiser machen, wenn die Polizei …«

»Soll sie mich doch rausschmeißen, dann such ich mir ein neues Zimmer.«

Alex, der Dora auf den Mund küsste. Als Dieter kam, stellte sich ihm Alex in den Weg, Dora schob die beiden auseinander. Dieter war betrunken, er trank weiter, irgendwann begann er, Teller zu zerschlagen.

»Scheißbullenstaat«, brüllte er, »und du glaubst«, brüllte er Dora an, »du glaubst, du hast dich jetzt etwas getraut, als wäre das was, ihr seid doch alle«, er schwankte von der Küche in den Gang in Doras Zimmer, »ihr seid doch alle beschissene, elendsbeschissene Scheißkleinbürger!«

»Hau ab«, schrie Dora, »als würde dich einer brauchen, hau endlich ab!«

Jemand drängte Dieter aus der Wohnung, weil er an die Tür hämmerte, riss Dora die Tür wieder auf.

»Ich ruf die Bullen«, schrie sie, »ich schwör's«, danach fluchte sie und weinte und fluchte. Eines der Mädchen sperrte sich mit Dora im Badezimmer ein, Leni sammelte die Tellerscherben auf, sie blieb, weil sie nicht gehen konnte, und wo hätte sie hingehen sollen.

»Leni«, sagte Alex. Er hielt ihr einen Joint hin.

»Aber«, sagte Leni, »ach was«, sagte Alex.

Leni zog an und hustete und zog noch einmal an. Alex setzte sich neben sie, dass er Dora liebte, sagte er. Ihr wurde schwindlig, und warm, und müde.

»Geht's dir gut?«, fragte Dora, »sehr«, sagte sie, und dann, das war wieder später, lag Dora neben ihr und ihre Augen waren grün, Sommersprossen, und wie ihr Lächeln sich in ihre Wangen kerbte, »du bist so lieb«, flüsterte Dora.

Oder hatte sie gesagt, ich hab dich lieb. Du bist so lieb, ich hab dich lieb, so lieb, was spielte das für eine Rolle. Dora hatte Leni geküsst, sie hatte ihre Lippen, die waren rau, ein wenig wie rau, auf Lenis Lippen gelegt, einen Atemzug lang, und noch einen Atemzug. Ein Lachen war in Doras Atmen gewesen, dass Leni die Lippen öffnete. Neckend und kosend war Doras Mund gewesen, wie sollte Leni Dora küssen, wie zaghaft hatte sie ihre Hand auf Doras Mund gelegt. Das Grün ihrer Augen, und Leni hatte Dora geküsst, einen Atemzug lang, und noch einen Atemzug.

»Meine Lene«, hatte Dora gesagt. Wäre das nie gewesen, es wäre doch alles anders gekommen.

Dora warf, weil Leni zitterte, eine Decke über sie, unter der lagen sie, eins ans andere gedrängt, die Hitze, die in Leni schoss, und als sollte das sein.

Auf Doras Wangen lagen Schatten. Leni tastete nach ihrer Jeans, nach ihrem Shirt. Wie sollte sie Dora ansehen können, wenn es Tag war. Sie kroch aus dem Bett, sie zog sich hastig an, sie stolperte über Alex, der schlief auf dem Boden, jemand lag auf dem Gang, zwei saßen in der Küche und rauchten, Leni schlich zurück, sie hatte ihre Tasche vergessen, »gehst du?«, sagte Dora.

Dora also, die vor ihr stand, in einem Männerhemd, mit nackten Füßen, von einem Bein auf das andere tretend, das Haar verstrubbelt, die Augen gerötet, eine andere Dora als alle Doras vorher, eine Dora, an deren Berührungen, an deren Haut und Wärme und Duft sich ihr Körper erinnerte, dass es weh tat.

»Ich muss.«

Dora riss an ihren Haaren. »Was hast du gesagt, wo du bist? Du hast doch sicher keine Erlaubnis, zu meinem Fest zu kommen.«

»Ich hab gelogen. Ich hab gesagt, ich fahr nach Hause.

Und ich unterschreib mir selber, das kontrolliert doch keiner mehr.«

»Du hast gelogen. Du. Sieh an. Und was noch alles in einer Nacht.«

Sie zog Leni zu sich, der Doraduft, das Dorahaar, ihr Mund an Lenis Ohr. »Und jetzt musst du gehen und kannst nicht mehr bleiben?«

Leni schüttelte den Kopf.

»Tränen?« Dora fuhr mit der Hand über Lenis Wange. »Warum denn Tränen, Lene, war es denn so schlimm?«

»Nein. Nein.«

»Aber?«

»Ich weiß nicht.«

Dora barg Lenis Gesicht in ihren Händen. »Eine Knutscherei unter Freundinnen. Denk einfach so daran, was meinst du?« Ihr Mund streifte Lenis Mund. »Wir könnten«, murmelte sie, »wenn die anderen weg sind, noch knutschen und so.«

»Knutschen«, sagte Leni.

»Und so«, sagte Dora.

»Aber das geht doch nicht, am helllichten Tag.«

»Nein?« Dora lachte. Sie schob Leni von sich weg. »Dann musst du ja wohl jetzt gehen.«

»Bist du mir böse?«

»Warum sollte ich?«

»Dora …«

»Aber es ist gut, ich versteh es ja, auf Wiedersehen, Lene, ich komm dich am Abend besuchen.«

Eine schnelle Umarmung, ein Kuss auf den Mund, dann stand Leni vor der Tür, Vögel lärmten und die Straße war nass, es musste in der Nacht geregnet haben.

In der Fliegerschule fiel sie in einen unruhigen Schlaf. Die anderen waren nach Hause gefahren, niemand würde sie stören, warum sollte die Wildner in ihr Zimmer schauen, und wenn, aber ich liebe, würde Leni sagen, ich liebe ich liebe ich liebe, zählt das denn nichts! Am Nachmittag ging sie ins Schloss.

»Ich bin mit dem früheren Zug gefahren«, sagte sie zur Wildner, »ich war so nervös, vor morgen, vor der ganzen Woche, ich möchte mir noch was anschauen.«

»Es wird alles gut gehen«, sagte die Wildner, »du wirst sehen.«

Dann lag Leni im Gras, das stand hoch, und Blumen wuchsen, weiß und blau und gelb. Wie sie Dora vor einem Jahr auf der Bank gefunden hatte, dachte sie, was Dora ihr getan hatte, *dass ich dir gehöre, ganz und gar.* Am Abend wartete sie, dass Dora kam, über die Wiese, zum Fenster, das ließ sie angelehnt in der Nacht, aber Dora kam nicht.

31

Eine Zeit lang nach Gregors Geburt war es so gewesen, als begänne ihre Ehe erst jetzt. Und als könnte sie auch das jetzt, lieben, und nicht nur ihr Kind. Schnee, der fiel, und Regen, und später das junge Gras, ein Föhnsturm in den Bäumen, Flieder und Rosen und Jasmin, und wie der Garten atmete.

»Ihr habt mich ganz gemacht«, sagte Bernhard, das wunderte sie, sie hatte ihn immer als einen Ganzen wahrgenommen. Er hatte eine Sehnsucht nach einer roten Weite oder der Stille und Einsamkeit von Wäldern und Fjorden.

»Ich will aber nicht ohne euch sein«, sagte er.

Sie hatte einen Schrecken in ihn eingepflanzt, sie hatte gewünscht, sie könnte das rückgängig machen. Dass er ihr anhing, sie wusste nicht, warum, gegen ihren Willen rührte sie das.

Er war großzügig und freundlich, Kinder und Tiere kamen wie selbstverständlich auf ihn zu. Sie überließ ihm Nina. Weil er Helene nicht hatte schützen können, schützte er das Kind umso mehr, auch dafür war sie ihm dankbar. Ihr zärtlicher Sohn, der ihr gehörte und in eine Verzückung geriet, wenn der Vater nach Hause kam, »beide«, sagte er. Wie er die Eltern zusammenhielt.

Die Wärme und Kühle und Festigkeit von Bernhards Körper, sie hatte eine Macht über ihn, das wollte sie nicht, als wäre er hilflos ihr gegenüber. Wann hatte er aufgehört, auf ein Zeichen zu warten.

Gregor hatte die Matura mit Auszeichnung bestanden. »Streber«, sagte Nina, als er bei der Feier nach vorne ging, um sein Zeugnis entgegenzunehmen.

»Nur weil du …«, sagte Helene, aber Nina grinste.

»Nur Spaß, Mama! Ich habe mir nichts anderes von ihm erwartet!«

Noch einmal ging er nach vorne, ihr kluger, hübscher Sohn, ein wenig ungelenk jetzt und verlegen; weil er Klassensprecher gewesen war, hatte er eine Rede zu halten. Bernhard neben ihr machte eine Bewegung, sie hielt ihren Blick fest auf ihren Sohn gerichtet, der sich jetzt bei den Lehrern, bei den Eltern bedankte, dass von hier aus ihr Weg in ein Ungewisses gehe, sagte er. Dass es zu hoffen sei, dass man Hilfe finde in schwierigen Zeiten. Er stockte, er schien nicht mehr weiterzuwissen, dass es zu wünschen sei, »wir haben aber doch auch eine Verpflichtung«, sagte er, dann brach er ab. »Eine Verpflichtung«, sagte er noch einmal und ging zurück auf seinen Platz.

Seine Klassenkameraden johlten, das Publikum applaudierte nach einem verwirrten Moment der Stille, wie zornig sah er seine Mutter an, als er sich setzte. Anschließend wurde im Freien Sekt ausgeschenkt, die Mittagsluft flirrte, einen Moment war sie wie geblendet, als sie in den Hof hinaustrat.

»Aber du irrst dich«, hatte Dora gesagt. Was zäh und klebrig an Lenis Armen gewesen war, klebrig und zäh, eine böse Sonne.

Johanna hatte sie damals im Krankenhaus besucht. Sie waren in dem kleinen Park gesessen, der zum Krankenhaus gehörte, Johanna hatte geweint, das hatte Leni abgestoßen, und sie musste doch froh sein, eine gute Freundin zu haben. Am Tag ihrer Rückkehr hatten die Mädchen eine Torte gekauft, am Abend saßen sie zusammen im Zimmer.

»Hat es weh getan?«, fragte Maria.

Johanna sah Maria böse an, »nein«, sagte Leni, und dann redeten sie über die Matura und sie dachte daran, dass sie machen konnte, dass das Blut aus ihrem Körper floss und dass sie das jetzt wusste.

»Wenn Dora mit jemandem von uns sprechen will, wird sie sich melden«, hatte die Wildner gesagt. »Du musst das hinter dir lassen. Was immer zwischen euch gewesen ist, lass es hinter dir.«

Es musste aber doch Dora zurückkommen, das dachte sie an jedem Tag. Dora konnte sie nicht so zurücklassen, was hieße denn das. Nachts hörte sie Johanna weinen. Wie ein Fisch, wie wenn ein Fisch nach Luft schnappte, die Vergangenheit wurde älter mit jedem Tag.

Einmal und noch einmal den Weg gehen in sommerlicher Frühe, dann würde sie woanders sein. Dass ihr Leben weitergehen sollte, das war nicht vorstellbar. Zwischen den Bäumen lagen Schatten und Waldtauben riefen im Wäldchen, dunkles Drängen. Die Schwere in ihr, weil die Sonne sich fing und brach im frühen Nass, weil der See glitzerte und der Berg seine Falten warf. Eintauchen in die Vorhalle, verschluckt werden, das Drinnen und das Draußen, das so klar unterschieden war, die bestimmte Kühle marmorner Hallen. Durch hohe Fenster fiel Licht, eine Traube Mädchen stand vor dem Schwarzen Brett, die kicherten und prusteten, als Leni sich durch die Gruppe der Mädchen drängte.

Lenis Schrift, Lenis Sätze, *Drecksau,* stand in roten Blockbuchstaben darüber, *du dreckige Sau.* Leni nahm die Zettel vom Schwarzen Brett, sorgfältig, und langsam. Vielleicht war sie das, eine dreckige Sau, und es war ihr recht geschehen, alles, was passiert war.

»Da ist noch mehr«, sagte Martina, »in den Klassen ist noch mehr.«

Am Nachmittag ging Leni auf den Turm. Ein Sommerwind fuhr ihr ins Haar. Tief unten liefen Mädchen, *meine Seele jagt auf in luftloser Höhe.* Sie kauerte sich in ein Eck, aus ihrem Rucksack holte sie die Zettel, die zu ihr zurückgekommen waren, die sagten ihr, was sie war. Sie legte die Briefe neben sich, die ihr Dora geschrieben hatte, die Abschriften von Briefen, die sie Dora geschrieben hatte, ihr Tagebuch. Sie holte eine Schachtel Zündhölzer aus dem Rucksack. Um Dora Feuer geben zu können, hatte sie die bei sich gehabt, um die Kerzen anzuzünden.

»Aber das ist lächerlich«, hatte Dora gesagt, »du hast dich geirrt.«

Eine Flamme sprang auf, ein Zettel fing Feuer, ein zweiter, Ascheflocken, die der Wind mitnahm.

Dass die Gemeinschaft, sagte der Direktor, dass die Gemeinschaft schwer erschüttert worden sei, »geprüft«, sagte er, »in der Prüfung bewährt sich, was uns Halt gibt«.

Dass die gesunde Ordnung es manchmal erforderte, dass man etwas aus der Gemeinschaft entfernte, das Faule, das Abartige, damit es nicht das Gesunde ansteckte. Dass aber, und die guten Leistungen bei der Matura seien ein Zeichen dafür, dass aber die Gemeinschaft nicht angekränkelt sei und dass auch eine gefährdete Schülerin, »der unsere Sorge gilt«, sagte er, dass auch sie zurückgefunden habe in eine gute, gesunde Ordnung.

Der See, der Berg lagen in einem Glitzern, Leni stand auf.

»Der Weg liegt nun vor euch«, sagte der Direktor, sie zwängte sich aus der Reihe hinaus. Sie ging an den Reihen der Schülerinnen, der Eltern und Verwandten und Freunde vorbei, ein Tuscheln, ein Hinschauen, ein Wegschauen, die Kühle der marmornen Halle, draußen das Licht.

Unter den Ahornbäumen standen weiß gedeckte Tische, in langstieligen Gläsern knisterte Sekt, die jungen Leute, dachte Helene, sahen sehr jung aus in ihren Anzügen, in den hellen Sommerkleidern, und so, als bräuchten sie niemanden auf der Welt. Sie sollte die Lehrerrunde machen, sich bedanken für die Begleitung, die Elternrunde, warum schien es ihr plötzlich unmöglich, mit fremden Menschen zu sprechen. Sie winkte Gregor zu, der mit Bernhard bei einer Gruppe stand. Nina drückte ihr ein Glas Sekt in die Hand.

»Komm«, sagte sie und ging zu ihrem Bruder.

Dass Gregor seinen Vater um eine Handbreit überragte. Dass doch Nina die Helle und Gregor der Dunkle war, hatte sie das schon einmal so gedacht. Dass ihre Tochter also Schauspielerin werden wollte. Und warum nicht. Würde sie, wenn sie ging, Bernhard noch sehen können.

Ein Mädchen ging vorüber, sie erkannte eine Freundin von Gregor, die ging mit einer älteren Dame, ihrer Großmutter wahrscheinlich, »ich bin so gespannt, was kommt«, sagte das Mädchen, die ältere Dame lächelte. Das Mädchen trug ein kurzes pinkfarbenes Kleid, das war ab der Hüfte weit ausgestellt in mehreren Schichten Tüll, aber das Leben, wollte Helene sagen, das Leben ist kein Bonbon, weißt du das nicht?

Gregors Klassenvorstand kam auf sie zu, sie versuchte, sich an seinen Namen zu erinnern.

»Frau Waldner!«, rief er. »Herzlichen Glückwunsch zu diesem Sohn! Nicht nur, dass er ein so kluger Bursche ist, und leistungswillig! Als er mir gesagt hat, dass er für ein Jahr nach Afrika gehen wird, Kenia, wenn ich mich recht erinnere – ich muss schon sagen, der Bursche hat Mut! Und dass Sie ihn gehen lassen – alle Achtung! Er lässt sich wohl auch nicht aufhalten! Er ist ja eher ein Stiller, aber wenn er sich etwas in den Kopf gesetzt hat – Frau Waldner?«

Später war die Zukunft immer nur etwas gewesen, das sie von der Vergangenheit entfernte, oder ein verwüsteter Raum.

32

Bei seiner Geburt war er einundfünfzig Zentimeter groß gewesen, er hatte drei Kilo vierundzwanzig gewogen, er war klebrig gewesen und wie verdrückt, wenn sie die Hand auf sein Köpfchen gelegt hatte, hatte sie seinen schnellen Herzschlag gespürt. Seine Augen waren blau gewesen, dann waren sie grau geworden, aber als läge unter ihnen immer noch das Blau der ersten Tage.

Nach Ninas Geburt hatte sie sich zwingen müssen, etwas anderes als Erleichterung darüber zu empfinden, dass es vorbei war. Das Kind hatte sie seltsam unberührt gelassen, es war das aber nicht zu ändern gewesen. Gregor aber hatte sie angesehen und ihr Herz war gestolpert und etwas hatte sich verschoben. Wie hätte sie es Bernhard sagen können, er hatte sie in Tränen aufgelöst gefunden, die Liebe hatte sie aufgerissen, sie würde nie wieder heil sein.

Er hatte eine Narbe über dem rechten Auge, einen feinen hellen Strich, er war vom Nussbaum gefallen, unter dem Nussbaum war ein Stein gelegen, der Stein hatte seine Stirn aufgeschlagen, da war er vier gewesen. Das Blut war über sein Gesicht geströmt, erst hatte er geschrien, dann war er bleich gewesen und still. Bernhard hatte sie zum Arzt gefahren, »das wird wieder gut«, hatte er gesagt, sie hatte ihm nicht geglaubt.

Eine Lähmung immer, wenn die Unversehrtheit seines Körpers verletzt worden war. Der helle Schmerz im Gesicht des Kindes, die Anklage. Und warum konnte sie ihn nicht beschützen. Blaue Flecken auf den Beinen, Aufschürfungen, Bienenstiche, blutende Wunden, er war acht gewesen, als sie in der Nacht ins Krankenhaus gefahren waren, sie würden ins Fleisch ihres Kindes schneiden, das war ihr ein unerträglicher Gedanke gewesen. Dass der Tod in ihrem Kind wohnte, das durfte sie nicht denken, er würde sie hören.

Masern, Röteln, Keuchhusten, Windpocken, wenn er fieberte, redete er wirr. Als ertränke ihr Kind in einer roten Flut, nur sie hatte die Kraft, ihn zurückzuholen.

Sein Lieblingsspielzeug war ein Hase gewesen, ein rosa Ungetüm, das hatte er noch mit sechs und sieben Jahren überallhin mitgeschleppt, bis ihn die Freunde ausgelacht hatten, aber in seinem Zimmer, auf seinem Bett war er noch lange gesessen, rosa lächelnd. Irgendwann hatte er ihr erlaubt, ihn wegzuräumen. Sie hatten ihn in eine Kiste verpackt und die Kiste auf den Dachboden gestellt. »Glaubst du, er fürchtet sich?«, hatte er sie beim Schlafengehen gefragt, und er ging doch schon in die erste Klasse Gymnasium.

Er hatte Autos gezeichnet, die waren meistens rot. Er hatte Wolken gezeichnet und Sonnen und zwei Kinder und zwei Erwachsene, die lachten, er hatte Hunde und Katzen gezeichnet, der Osterhase war rosa gewesen. Er hatte Bäume gezeichnet, mit Nüssen drauf und Kirschen und Äpfeln und Birnen und Zwetschken, er hatte Flugzeuge und Dinosaurier gezeichnet, Burgen und Ritter und grausige Monster, denen einer die Köpfe abhieb und die Gliedmaßen, dass das Blut spritzte. Zum Muttertag hatte er für Helene Blumensträuße gezeichnet oder Ungeheuer, oder sich selbst auf einem Fahrrad, auf einem Skateboard, und die Sonne war groß und gelb und lachte.

Er hatte Lieblingswörter gehabt. »Taghell«, war eines gewesen, »glorios«, ein anderes. Und »sondergleichen« und »jäh« und »geflissentlich«.

»Der Papa ist ein Zauberer«, sagte er, weil Bernhard ihm Burgen und Waffen aus Pappe bastelte und Festungen aus Tuchenten und Pölstern, im Wohnzimmer baute er Geisterbahnen und Baumhäuser und Zelte aus Ästen und Moos und Laub im Garten.

Weil er seine große Schwester liebte, und bewunderte, sie brachte ihm alles bei, was er können musste, auf Töpfen Krach machen, so richtig in der Nase bohren, Erdnussbutter mit Marmelade essen, Kirschkerne weitspucken, sich die Schuhe zubinden, und weil Nina ihn eifersüchtig hütete und sogar mit zu ihren Freundinnen schleppte, war auch Helene mit Nina versöhnt, eine Zeit lang jedenfalls.

Kindergarten, Volksschule, Gymnasium, so tapfer blieb er alleine mit den neuen Gruppen. »Ich komme ja bald wieder nach Hause«, hatte er an seinem ersten Kindergartentag gesagt, als müsste er sie trösten.

Erste Schreibversuche, kleine Zettel, die er den Eltern auf den Tisch legte, *unter dem Tisch suchen, im Kasten suchen, im Garten suchen,* dort hatte er Geschenke versteckt, einen bemalten Stein, etwas Selbstgehäkeltes, eine Zeichnung. Er häkelte und strickte, sehr ernsthaft, zu Weihnachten bekamen sie und Bernhard meterlange Schals, die trug sie bis in den Frühling und erzählte es jedem, »den hat mein Sohn gestrickt«.

Manchmal nahm er ihre Hand und legte seine Wange darauf, wann hatte er damit aufgehört.

Als er dreizehn wurde und vierzehn, fünfzehn, wuchs ein Ungeschickter aus ihm heraus, und er war doch so vollkommen gewesen. Er schwieg sie tagelang an oder gab grobe Antworten, »so sprichst du nicht mit deiner Mutter«, sagte Bernhard zu ihm, »das geht vorbei«, sagte er zu Helene, »hab ein bisschen Geduld mit ihm«, aber wohin war ihr süßer sanfter Sohn verschwunden.

Was er essen konnte. Manchmal saß er in der Nacht am Küchentisch und verschlang, was er gefunden hatte, Reste vom Abendessen, Reste vom Mittagessen, dick belegte Brote, eine Tafel Schokolade. Sie setzte sich zu ihm, sie sah ihm zu, wie er aß, vielleicht erzählte er ihr, weil Nacht war, von der Schule, von den Freunden, oder er las die Zeitung, sie suchte in seinen Zügen das Kind.

Als triebe er etwas aus sich heraus, lief er kilometerweit, er absolvierte seine Schwimmrunden, er setzte sich aufs Rad und kam erst Stunden später wieder zurück. Er entfernte sich von ihr. Dass sie kein Anrecht hatte, und dass sie angewiesen war, immer noch, auf Brosamen von Aufmerksamkeit, was war sie für eine lächerliche Person.

Wenn sie an Wochenenden wanderten, Bernhard, Gregor und sie, war es, als könnten sie ab einer bestimmten Höhe wieder miteinander sein, und als schützte, was sie umgab, sie vor der Wahrheit.

Im letzten Jahr war er ruhiger geworden, das schrieb sie den Vorbereitungen für die Matura zu. Vielleicht hatte er ein Mädchen, aber danach fragte sie ihn nicht. Manchmal saßen sie wie früher im Garten zusammen, sie konnte aber sein Gesicht nicht lesen. Dass da eine Leidenschaft war, das sah sie, und als quälte ihn etwas, »aber der Zustand der Welt«, sagte er, darüber redeten sie dann, über den Zustand der Welt.

33

»Du hast das gewusst?«, hatte sie Bernhard im Auto angeschrien. »Du hast gewusst, dass er nach Afrika geht, und hast kein Wort gesagt? Nach Afrika! Wozu? Um sich totschießen zu lassen? Um an irgendwelchen Krankheiten zu sterben? Um verschleppt zu werden? Als wäre es irgendwo sicher in Afrika, wie kannst du damit einverstanden sein!«

Dass er in keinem Bürgerkriegsgebiet sein werde, hatte Bernhard eingewandt.

»Als ob sich das nicht jederzeit ändern könnte!«

Er sei nicht alleine dort. Es gebe andere Freiwillige, eine Organisation, die kümmere sich um die jungen Leute.

Ob er Gregor auch noch dabei unterstützt habe? Ob er ihm das eingeredet habe?

»Ist das jetzt deine Rache? Weil ich von dir weggehe, nimmst du mir Gregor?«

»Ich wusste nicht, dass du von mir weggehst.«

»Jetzt weißt du es.«

Sie würde also gehen, dann sollte es eben so sein.

Gregor war am Abend zurückgekommen.

»Aber du kannst es mir nicht verbieten«, sagte er.

Nach einer Weile war er gegangen. Bernhards Stimme, Gregors Stimme, die Haustür, die ins Schloss fiel.

Und jetzt war das Haus leer. Gregor war bei einem Freund, einer Freundin, vielleicht bei Nina, irgendwann würde sie mit ihm reden müssen. Bernhard war zur Gartenmesse nach Hamburg gefahren, sie hatte ihn übers Wochenende begleiten wollen, aber das war gewesen, bevor ihr Leben ihr unter den Händen zerbröckelt war.

»Am Donnerstag bin ich wieder hier«, hatte er gesagt, als hätte sie noch ein Anrecht auf diese Information.

In der Bücherei war es ruhig und kühl, dafür war sie dankbar. Die Reihe zur Literaturkritik hatte sie mit dem Gespräch über österreichische Neuerscheinungen des vergangenen Jahres abgeschlossen. Der deutsche Rezensent hatte sich als kluger Beobachter der österreichischen Literaturszene erwiesen und nicht mit Seitenhieben auf die österreichischen Kollegen gespart. Der Lektor hatte über die Distanz zwischen Literaturkritik und verlegerischer Praxis referiert und die »geradezu chronische Nichtbeachtung« des heimischen Schaffens im österreichischen Feuilleton moniert. »Mehr Selbstbewusstsein«, hatte er streng gefordert und die Salzburger Literaturwissenschaftlerin hatte vom »Pfadfinderbewusstsein« gesprochen, das nötig sei, um wenig Beachtetes ins Licht zu stellen. Wie schön es war, hatte Helene gedacht, Menschen dabei zuzusehen, wie sie sich zu verständigen suchten.

Suzana war auf Urlaub, Karl war auf Urlaub, Justin schaute von Zeit zu Zeit bei ihr herein, dann diskutierte sie mit ihm die Veranstaltungsreihe für den Herbst.

»Lieblingsbücher«, hatte er gesagt und gelacht. »Als Kind habe ich Pferdebücher gelesen, bei zwei älteren Schwestern wahrscheinlich kein Wunder.«

Zu Hause saß sie lange still.

Sie hatte, wie lange war das her, einen Spanischkurs besucht, und Bernhard hatte ihr einen Gedichtband geschenkt. Wenn die Kinder schliefen, hatte sie ihm die Gedichte vorgelesen und übersetzt.

»Allí estoy yo caído«, hier bin ich, gefallen.

»Caído«, hatte er gemurmelt und sein Mund hatte sich verirrt und seine Hände.

Bernhard, den zu lieben sie sich nicht gestattet hatte. All die Jahre wäre er ihr erreichbar gewesen. Und vielleicht wäre es darum gegangen, dem anderen eine Heimat zu sein.

»Warum bestrafst du Gregor?«, sagte Nina.

»Das tu ich nicht.«

»Er macht das, was ihr ihm beigebracht habt.«

»Und was wäre das?«

»Verantwortung übernehmen. Das hat ja bei mir«, Nina grinste, »nicht so funktioniert. Du solltest stolz auf ihn sein.«

»Was ist, wenn er stirbt.«

»Das wird er nicht.«

Sie rief Gregor an.

»Aber Mama«, sagte er, weil sie sich nicht beruhigen konnte vor Weinen, und das durfte man seinem Sohn doch nicht zumuten. »Ich fahre erst im Herbst. Und im Juni bin ich wieder da. Und Kenia ist näher als New York. Wir reden, Mama, ja?«

Sie nickte, das konnte er nicht sehen am Telefon.

»Ja«, sagte sie und legte auf.

34

Die schriftliche Matura fand im Turmzimmer statt. »In luftiger Höhe denken«, hatte der Hummel gesagt.

Ihr war der Atem genommen und ihr Denken hatte sich losgelöst, als hätte es keinen Platz in ihrem Körper, sie war ins Herz hinein erschrocken. Wie, was sie war, sich ausgedehnt hatte, als sollte sie sich über die Welt legen können, über jede ihrer Erscheinungen, als könnte sie im Wasser sein, in der Luft, in jedem Halm und jedem Blatt, mit dem Wind gehen, mit den Sternen fliegen, zum tiefsten Grund tauchen, so war das gewesen. Und dann, und jetzt, war ihr die Welt geschrumpft auf einen kranken Punkt, der saß hinter ihrem Brustbein, die Schwere der ganzen Welt.

Sie starrte auf den hektografierten Zettel mit den Deutschthemen: *Lebensstandard – Lebensqualität. Das Bild der Frau. Das Vorurteil, ein unentbehrlicher Hausknecht?* Was hatte sie darüber zu sagen, nichts.

Zwei Reihen vor ihr saß Dora, die biss auf ihrem Kugelschreiber herum, was du mir getan hast, dachte Leni und beugte sich tief über die linierten und gestempelten Doppelblätter, dir angehören, etwas war, das bohrte und wühlte, das zog und zerrte, verbiss sich wild in ihren Eingeweiden, *dass ich deine Berührung denke, die süß ist, und dunkel,* so ein Erschrecken, und eine Scham.

»Gibt es ein Problem?« Der Hummel stand neben ihr.

»Kein Problem. Ich denk nur nach.«

Das Bild der Frau also, Einleitung, Hauptteil, Schluss.

Zwei Reihen vor ihr saß Dora, die Linie ihres Halses, ihres Rückens, wie ihr das Haar ins Gesicht fiel, wie sie es, ungeduldig, hinter das Ohr schob, ihre steile, krakelige Schrift. Jetzt stand sie auf, der Hummel machte eine Notiz im Protokoll.

»Scheißthemen«, flüsterte Dora, als sie an Leni vorbei kam, »keine Gespräche«, sagte der Hummel.

Dora grinste, ein kleiner Zettel lag vor Leni. *Tut mir leid wegen gestern, alles in Ordnung bei dir?* Leni neigte ihren Kopf zum Gang, als Dora zurückkam, der Hauch, der war, als sie vorbeiging, ihre Finger berührten Doras Finger, *ich denke an dich, immer.* Dora setzte sich geräuschvoll, im Schutz ihrer Federschachtel faltete sie Lenis Zettel auf, sie drehte sich um, das Grün in ihren Augen.

»Scheißthemen«, sagte Dora, als sie sich vor dem Schloss trafen. Sie zündete sich eine Zigarette an, sie lachte, weil Leni sie erschrocken anstieß. »Ich bin jetzt Privatperson, nicht mehr Schülerin der Anstalt, nicht mehr Internatszögling, mir kann keiner mehr was.«

»Sehen wir uns heute? Können wir …«

»Nicht heute. Ich muss Mathe lernen, ehrlich. Alex lernt mit mir, der ist ein Mathegenie. Wenn ich schon diesen Schwachsinn mitmache, will ich es wenigstens nicht umsonst tun.«

»Wann …«

»Wenn das vorbei ist, nächste Woche, da haben wir Zeit, wir reden nächste Woche, okay?«

Dora küsste Leni auf den Mund, Doras Hand auf Lenis Wange, Doras Lächeln, Dora, die wegging, in Licht und Schatten, die um die Ecke bog, die wieder auftauchte und zwischen den Bäumen verschwand.

»Halte dich von solchen Elementen fern, Helene«, sagte die Maleta, das schwarze Tor verschluckte sie.

Was nicht zu sagen war, sagen. Daran scheiterte sie. *Weil da eine Angst ist wieder, schreibe ich dir,* nach der Französischmatura wartete Dora unter den Bäumen.

»Ich muss dann weg«, sagte sie, »tut mir leid, ich hab's eilig.«

Die Stummheit, die Leni überfiel.

»Was ist jetzt wieder?«

»Nichts. Es ist nichts.«

Dora seufzte. »Lene! Wenn was ist, dann sag es, ich kann es nicht erraten. Was für eine Angst, Lene, und was soll ich tun, was willst du von mir?«

»Können wir … denkst du, wir können einmal reden, bitte?«

»Worüber reden?« Die Ungeduld in Doras Stimme und was ihr die Augenbrauen zusammenzog. »Worüber reden, Lene?«

Hinter ihnen strömten die Kleinen auf den Parkplatz, verteilten sich zum Völkerball, zum Gummihüpfen, zum Tempelhüpfen, »dass wir keine Freundinnen mehr sein können«, stammelte sie, »vielleicht geht das ja nicht mehr«.

»Aber warum sollte das so sein?«

Blutrote Scham. »Wegen dem, was gewesen ist. Können wir denn noch Freundinnen sein?«

»Lene!« Dora schüttelte den Kopf. »War's das? Ist das deine Angst gewesen?«

»Können wir bitte reden?«

Dora sah auf die Uhr. »Freitag. Ich kann erst am Abend, um sieben?«

Leni nickte.

»Im Haus?«

Dora ging, schnell, und ohne sich umzusehen.

Das Denkunmögliche denken. Was nicht zu sagen war, sagen. Wie, was die anderen waren, sie stach, sie floh in den Park. Wie die Angst sie überschwallte und eine Bestürzung, dass sie sich endlich auf die Erde warf, den Kopf in eine raue Rinde stieß, als wüchse immer und immer ein Schmerz nach, aus einem Ort, der war tief in ihr, der presste sie auf den Boden, der rieb ihr die Haut wund, von innen, dass sie sich einen Schmerz machen musste von außen, *dass ich dich liebe,* das Denkunmögliche tun.

Am Freitag war Dora an ihrer Seite, Hand in Hand gingen sie über die Stiegen hinauf in die Turmklasse, wo Tangenten warteten, Volumen und Flächen, Ebenen, die etwas schnitten, Zylinder und Kugeln, Kegel, Paralleloide. Dass Helga zischelte, dass Johanna sie ansah wie ein angeschossenes Tier, manchmal während der vier Stunden drehte sich Dora zu Leni um, *du hast mich getroffen, verwundet, süßer Tod.*

Wie die Luft stillstand. Wie der See blitzte. Wie der Berg im Licht sich wandelte. Dann war es Abend. *Gegen das Urteil der Welt, ist es nicht so, dass wir gegen das Urteil der Welt leben müssen.*

Das Haus erwartete sie. Blaue Luft und wildes Blühen. Geißblatt rankte sich und Efeu, Schlingknöterich, ein Seewind ging durch das Haus. *Dir mein Herz zu Füßen legen und alles, was ich bin.*

Sie hatte die Blütenblätter abgezupft und in Büscheln von den Rosenstöcken gestreift, kühle, samtene Blätter, die lösten sich so leicht vom Blütenboden, ein sanftes Rosa, ein dunkles Rot, das war fast schwarz im Dämmerlicht. Der See hatte wie von innen geleuchtet, die Berge standen in einem stählernen Grau.

Dora kam gegen neun, da dachte Leni schon ans Sterben. Dora sah das Bett, die Rosenblätter, den Wein, die Kerzen im Haus, im Garten, auf dem Steg.

»Aber das ist lächerlich«, sagte sie. »Was soll das werden? Und was denkst du dir? Dass wir auf Idylle machen, dass wir zusammenbleiben auf ewig? Wie lächerlich ist denn das. Ich geh mit Dieter nach Berlin. Nach der Mündlichen bin ich weg.«

»Aber«, sagte Leni. »Ich dachte …«

»Du hast dich geirrt.«

Wann hatte sie die Flasche zerschlagen, wann hatte sie angefangen, gegen sich zu wüten, ihr lächerliches Sein. Was hatte sie sich gedacht, ein Bett und Wein und Rosen. Was weh tat, sich aus dem Fleisch schneiden, es sollte der Schmerz aus ihr hinausgehen, und die Demütigung, unter einem schwarzen Himmel hackte sie sich, was sie hätte sein können, aus dem Fleisch, klebrig süß rann, und über ihr ein schwarzer Himmel, auf dem Wasser sein, was für ein anderes Leben.

35

An einem Weihnachtsabend, sie war noch ganz klein gewesen, war Leni mit dem Bruder in den Stall gegangen. Die Kühe hatten ihren warmen feuchten Atem in Lenis Hand geblasen, Leni hatte jede Kuh bei ihrem Namen genannt und gewartet, eins der Kälber hatte ihr mit träger rosa Zunge über die Handinnenfläche geschleckt. Auf dem Weg zurück ins Haus hatte der Bruder sie an der Hand genommen. Hoch über ihnen wölbte sich eine Kuppel in einem dunklen Blau und atmete, sternübersät. Auf der harschen Schneedecke lag frisch gefallener Schnee, wie Flaum, der glitzerte unter dem silbernen Mondlicht.

»Der große Wagen, siehst du«, hatte der Bruder gesagt.

Als schwirrten und tanzten in großer Höhe Myriaden von Sternfliegen, und dahinter pulsierte das dunkle Blau.

»Kaffee?«, fragte Dora und verschwand, ohne Helenes Antwort abzuwarten, in der Küche.

Wie hatte sie sich Doras Wohnung vorgestellt, luxuriöser, glamouröser vielleicht. Ein heller Raum, um einen schweren Holztisch standen ein paar Sessel, die aussahen, als hätte sie am Flohmarkt das aufgekauft, was übrig geblieben war, eine Couch mit Pölstern, Bücherregale, eine Yogamatte, Kerzen, ein Wasserglas mit Wiesenblumen drin, keine Bilder, kein Fernseher.

Dora stellte zwei Tassen auf den Tisch, auch die passten nicht zusammen, »Milch? Zucker?«, Helene nickte, und was hatte sie sich dabei gedacht, hierher zu kommen.

»Was, Lene? Was ist jetzt? Willst du reden?«

Wiesenblumen, dachte Helene. Schafe hüten. Eine Bank, ein Berg, ein See.

»Ich habe nicht gewusst, dass du eine Tochter hast«, sagte sie. »Ich habe nicht gewusst, dass dein Mann, der Vater deiner Tochter, dass er tot ist. Das tut mir leid.«

Doras Blick war unverwandt auf Helene gerichtet. »Um mir das zu sagen, bist du gekommen?«

Jemand ging pfeifend über den Hof, eine Mülltonne rumpelte auf, rumpelte zu.

»Ja, auch.«

»Was noch?«

Das Licht, das durch die Blätter einer Linde fiel, warf goldene Schatten auf die Wände. Ein Windstoß fuhr durch die Äste der Linde und Samenschiffchen, viele, kreiselten zu Boden.

»Warum bist du damals nicht mehr gekommen? Warum hast du mich alleingelassen?«

»Lene.« Der Abgrund in ihrem Namen.

Irgendwo in der Wohnung läutete ein Telefon. Wie seltsam, dass sie Dora gegenübersaß. Was sie vermisste, den Duft von Patschuli. Doras Augen waren immer noch von dem eigenartigsten Grün, das sie je bei jemandem gesehen hatte. Sie war mit ihr an einem Wasser gesessen, Schwäne waren vorbeigezogen, später war ihr der Himmel zerbrochen. Immer hatte sie gedacht, es wäre wichtig, die Antwort auf ihre Frage zu kennen, als hätte das etwas ändern können. Es war aber, plötzlich war sie wie blind von Tränen, alles schon geschehen.

Das Telefon hatte aufgehört zu schrillen. Helene stand auf.

»Entschuldige«, sagte sie. »Es ist das doch nicht mehr wichtig.«

»Warte«, sagte Dora. »Ich möchte dir etwas zeigen.«

Helene blinkte die Tränen weg. Sie folgte Dora in den Gang, den Gang entlang, Dora öffnete eine Tür. In der Mitte des Zimmers, über die ganze Länge des Raumes, stand ein Zimmerertisch, auf dem lagen Fotografien von Menschen, von Räumen, von Landschaften. An den Wänden waren Regale, gefüllt mit Büchern, mit Farbtuben, Klebstoffen, Spraydosen, mit Stapeln von weißem und buntem Papier und Karton, mit Boxen, die mit Dingen gefüllt waren, mit Scheren und Messern, Spachteln und Pinseln, mit Stoffen, mit Woll- und Garnknäueln, mit Knöpfen, Steinen, Holzstücken, Zeitungsausschnitten, »Valentina arbeitet auch hier«, sagte Dora.

Sie nahm ein Tuch von der Staffelei, die beim Fenster stand. »Ich habe lange nicht mehr gemalt. Es ist noch nicht fertig. Etwas fehlt noch, das habe ich noch nicht gefunden.«

Ein blasses Gesicht sah Helene an, wie fragend, große dunkle Augen, in denen kein Lächeln war. Aber das war nicht mehr sie. Und vielleicht konnte sie sich jetzt verabschieden.

»Wie nennst du es?«

»Sag du.«

»Ein Mädchen?«

»Dann ist es: Ein Mädchen.«

Und dann ging Helene, und der Asphalt war warm, als sie auf die Straße hinaustrat, und vom Himmel fielen kreiselnd Lindensamenschiffchen.

Als sie nach Hause kam, schimmerte der Garten im Abendlicht. Sie schleppte die Gießkannen zu den Gemüsebeeten, zu den Blumenbeeten, den Trögen, den Töpfen. Sie hätte den Schlauch nehmen können, aber es schien ihr notwendig, das Wasser zu den Pflanzen zu tragen. Levkojen, Rittersporn,

Phlox, ein zartes Wickenrosa. Magnolien und Hortensien, und was am Tag honiggelb duftete, bienenumschwärmt, leuchtete, von den Sonnenstrahlen gestreift, noch einmal auf. Der Schatten unter dem Nussbaum war tief.

Sie hatte Himbeeren gepflückt und eingekocht. Sie würde Gregor ein Glas Himbeermarmelade mitgeben, ihre Großmutter hätte das getan, und es würde ihn beschützen, das musste so sein, ihre Liebe in ein Glas gegossen. Morgen würde Bernhard heimkommen. Was würde sie ihm sagen. Und welcher Gefahr sich aussetzen.

In der Nacht wachte sie auf. In einem weiten Blau, einem weiten Grün war sie getrieben, in einem Boot wie eine Nussschale, in einer Lotusblüte, auf einem Kontinent. Welche Farbe hatte der Indische Ozean, schlammbraun vielleicht, oder golden, am Abend ein kräftiges Rot. Wilde Schreie vorüberziehender Vögel und Schleier von Regen. Kreisend, wirbelnd, wie absichtslos driftete das Boot, die Lotusblüte, der Kontinent, jahrmillionenlang. Ein Gebirge hatte sich aufgetürmt, der Indische Ozean glühte in einem purpurnen Rot. Das Klirren von Cymbeln.